Marie St-Vaast

Vents divers

EDITIONS LEMART

ISBN numérique : 978-2-940669-31-8

ISBN papier : 978-2-940669-40-0

Courriel : contact@editionslemart.com

Internet : www.editionslemart.com

À mes trois amours,
Augustine, Oscar et Samuel

"Ce roman est plus qu'une bouffée d'air frais.
C'est la vie qui surgit sous la plume
magicienne de Marie St-Vaast"

Amélie Nothomb

1

Qu'on se le dise, les gens ennuient Angèle. Surtout quand ils parlent de la pluie ou pire, du beau temps. Pas de place pour leurs palabres inutiles, encore moins pour leurs petits bonheurs. Rien à faire des noces à venir de leur rejeton ni des préparatifs gargantuesques du banquet, des gazouillis et des risettes du dernier-né sorti tel un poupon du ventre de sa mère, des détails et autres récits de leur récent périple en Tchéquie du Sud. Rien à faire. Ces niaiseries la fatiguent au plus haut point. Angèle, pour l'intéresser véritablement, pour la réjouir sincèrement, confiez-lui vos déveines ou les malheurs d'autrui. Alors là, captivée, vous la verrez s'animer curieusement. Oui, la vieille dame se régale des fausses notes qui font grincer des dents et enrayent le rouage bien huilé du quotidien. Elle lape goulûment les larmes de désolation qui roulent sur les joues face à l'acharnement des crocs du mauvais œil. Elle sirote tout avec délice, prêtant une oreille attentive, une mine faussement attristée, chevrotant à merveille la compassion, « vous si bonne, vous n'avez pas mérité ça... vous si brave, y'a pas de justice », jurant au tréfonds d'elle-même que c'est bien fait pour vous !

Elle est comme ça Angèle. Angèle Hazard, avec un Z. Pas vraiment méchante, juste un peu. Elle ne demandera jamais que le ciel vous tombe sur la tête, c'est trop, mais qu'un petit morceau se détache, vous écorche le bout du nez, casse vos sourires imbéciles et joyeux. Parce que, c'est moche le bonheur. Et à vrai dire, ces modestes dédommagements à son existence sans relief, embaumée à la naphtaline, à l'amertume d'une endive sans sel, apportent du craquant à ses journées, en dessinent les contours. Y'a pas de mal à ça ! De toute façon, on ne la refera pas, pas à son âge. D'ailleurs, elle n'y peut rien, c'est probablement inné chez elle, ce goût pour les déraillements funestes, pour les choses qui ne filent pas droit. Elle est excusable après tout, elle est née en 1941. Comment ne pas rester marqué à vie quand on a ouvert les yeux sur l'effondrement d'un monde qui pataugeait dans les ondes les plus mauvaises ? Elle a vu se pencher, au-dessus de son berceau, les plus horribles marraines : une France anéantie, désaxée, qui acceptait de faire porter des étoiles jaunes à certains de ses compatriotes ; des chefs perdus et insensés qui signaient des accords nauséabonds dans une ville d'eau ; une puissance mondiale au cercle rouge qui attaquait, en vols massifs et kamikazes, une autre puissance à la bannière étoilée sous les faveurs d'un petit matin pâle, alors que tous ses bateaux dormaient encore au port, que ses avions étaient au nid. Remarquez, ils n'ont pas été en reste, les attaqués. Et naître un 6 août 1945, cela a dû en marquer plus d'un de petit gars. Quarante-trois secondes d'un vol sourd et hop ! Un Champignon mortel rasait Hiroshima.

Mouais, se déculpabilise Angèle, la fatalité du mauvais collée à la peau ce n'est pas jojo, mais on n'y peut rien, ou presque rien.

Et puis à quoi bon se rattacher, au divin ? Angèle est athée depuis toujours, enfin elle croit, euh pardon, elle en est sûre. Ses parents n'ont laissé entrer dans leur vie ni dans celle de leur fille, aucun doux Jésus, aucune Immaculée Conception, aucun alléluia. Enfin rien qui de loin ou de près, ne ressemble à tout ça. Gérald, son défunt mari, lâchait goguenard chaque dimanche matin : « Angèle, je vais à la grand-messe » et la casquette vissée sur la tête, la cigarette au bec, il partait le cœur allègre vers le PMU du bourg, jouer les chevaux de son tiercé dominical. Ça lui a rapporté deux ou trois bons pactoles, tout de suite mis de côté, placés sur le petit livret rouge parce qu'on n'est jamais trop prudent, on ne sait jamais de quoi demain sera fait. Gérald qui avait vu le jour, lui aussi, en 1941, eh oui, la boucle était bouclée !

Ainsi, Angèle laisse les bondieuseries pour les autres, pour celles et ceux qui se sentent mieux après un signe de croix, le doigt humide d'eau bénite – l'eau bénite, quelle arnaque quand on y pense - et aussi pour ceux convaincus qu'après avoir pris en bouche le « cooorps du chriiist », on est absout de tout, le cœur innocent, aussi léger qu'un ballon de foire, prêt à monter au ciel. Elle l'a essayé une fois leur pain partagé, leur hostie, pouah, ça colle au palais cette galette toute fine et sans goût, elle a eu un mal de chien à se défaire de cette horreur, restée coincée dans le gosier un bon moment, et lui-là le curé, il est le seul à pouvoir boire derrière. Drôle de religion qui laisse s'étrangler ses brebis. Cela dit, Angèle apprécie l'ambiance qui règne dans les églises, l'odeur d'encens la transporte. Elle se surprend à admirer la lumière qui joue dans les détails des vitraux colorés - il paraît qu'il en existe avec des imageries coquines, oui, il paraît - et les voix égosillées des chœurs l'enchantent parfois, c'est beau faut reconnaître, on en redemanderait presque, enfin pas tous les jours. Ce qu'elle ne raterait pas pour un empire, ce sont les enterrements. Les gens y font une tête de circonstance, celle qui lui plaît tant. D'ailleurs, elle a assisté à de belles funérailles ces dernières années dans la bourgade ; quelques-uns sont partis les pieds devant. Une sacrée régalade. Elle n'aurait loupé le spectacle des condoléances pour rien au monde. De toute façon, c'est elle la moins faux-cul de tous, le péquin y court aussi pour assister au malheur des autres, non ? Alors elle serre les éplorés à grand renfort de tapes dans le dos, se gardant bien de les coller, déballe ses phrases toutes faites avec l'envie d'en rire masquée : « Ah ça, il va nous manquer. Les meilleurs partent les premiers... Elle nous a quittés bien trop tôt... La vie est si cruelle... Allez courage... C'est qu'on est tellement exposé à présent ma bonne dame, on ne sait plus que manger, on nous fait respirer n'importe quoi... Oui, tout est détraqué, même la météo, le monde va à vau-l'eau, foi d'Angèle... »

Pour autant, la vieille dame est dotée de sensibilité. Son cœur n'est pas complètement imperméable à la beauté des choses et à leur pureté. Et en ce monde, ce qui la touche le plus, c'est l'élégance et la délicatesse de son rosier grimpant, un splendide Pierre de Ronsard. La grâce infinie de ses pétales ivoire et rose pâle habille toute la façade arrière de sa maison. Et des premiers beaux jours aux dernières lueurs automnales, elle le couve. Une véritable mère poule, attentive et dévouée, lui donnant à boire de l'engrais, à manger du compost maison, lui réchauffant le pied de tourbe au premier gel et couvrant le sol d'un paillis, taillant tendrement les tiges défleuries, surveillant le moindre jaunissement, le vilain puceron, la plus petite tache blanche ou les prémices d'un dessèchement. Ce rosier est un ravissement, le sien, pour elle toute seule, qu'elle garde comme un trésor, jalousement. D'ailleurs, c'est la première chose qu'elle a vue, l'autre - sa nouvelle voisine - en débarquant il y a quelques mois dans la maison d'à côté.

Ceux-là, ces fraichement importés dans la rue, d'emblée elle ne les a pas piffés. Ça fait pleuvoir du sourire béat, ça pue le bonheur à plein nez. Pouah ! Elle change de trottoir plutôt que d'avoir à les croiser. De toute façon, ça a mal commencé avec eux. À peine arrivée, la petite fille a écarté les troènes et posé son minois contre le grillage.

Cela a agacé Angèle qui ôtait tendrement la tête de quelques roses fanées.

- Bonjour madame... qu'est-ce que tu fais, tu cueilles des fleurs ?

« Ah petite sotte, tu vas tomber sur un os la fouine, dégage ! » fulminait déjà Angèle en son for intérieur.

- Je m'appelle Lily, continua l'enfant, j'ai un petit frère, Martin.

Sans quitter ses roses des yeux, la soigneuse de Ronsard a rétorqué :

- Un petit frère ? Non ma petite... Martin, c'est un âne.
- Nan, c'est un petit garçon, c'est mon frère Martin Jonas !
- Jonas ? Ben voyons, manquait plus que ça, a ricané Angèle toujours dos tourné, c'est un drôle de nom ma petite, crois-moi !
- C'est notre nom, celui de mon papa et de ma maman, a dit l'enfant soudainement au bord des larmes.

Alors, n'y tenant plus, le sécateur levé vers le ciel, Angèle fit volte-face et à la manière d'un prédicateur enfiévré, elle lança à l'intruse :

- Peuuuur à toi petite Jonaaaas, tous les Jonaaaas finissent un jour dans le ventre d'une baleine !

Interdite, l'enfant ouvrit des yeux ronds comme des billes, lâchant le grillage comme s'il était électrifié, le menton tremblotant.

« C’est pas vrai, c’est pas vrai » a-t-elle conjuré avant de prendre ses jambes à son cou, hurlant à tout va du... « Maman ! Maman ! »

- Eh ben, ça, c’est fait ! En voilà une qui ne viendra plus traîner ses guêtres par ici, a sifflé Angèle le sourire satisfait en attrapant l’anse de son panier rempli de têtes de roses, marmonnant encore une fois rentrée chez elle : « Et toc ! Dans les dents à la petite pisseuse. Pfff… Martin... quelle idée d’appeler son gosse Martin. »

2

21 décembre 2012

Ah, c'est à croire que son corps s'est rouillé d'un coup, sans prévenir ! Elle a eu un mal de chien à sortir du lit ce matin, glisser ses pieds blanc cire dans ses pantoufles fourrées fut digne d'un sommet à gravir. Cela ne lui ressemble guère. Angèle n'en revient pas. Plutôt dure à cuire la vieille carne, jamais un bobo, affairée tout au long du jour sans même souffler, ni palpiter. Sa fierté. Mais aujourd'hui, même la Ricoré lui est restée sur l'estomac, elle est, comme on dit, barbouillée et elle n'aime pas cette sensation qui alourdit ses membres, ralentit ses mouvements. De fait, la voilà au jardin, pour fouetter le sang, faire passer le mal-être. Il ne fait pas froid pour un mois de décembre, on peut même dire qu'il fait doux. Le ciel est lumineux et les oiseaux piaillent gaiement - idiots - se méprennent sur un début de printemps, volettent autour de la maîtresse des lieux pleine d'indulgence aux manquements de leur cervelle de moineaux. Elle jette à la volée les croûtes des tartines qu'elle n'a pu avaler.

P'tititi... tenez, tenez la petite classe, je suis trop bonne avec vous, mais allez savoir de quoi demain sera fait, il gèlera peut-être mes petits zozios... Ou alors on sera tous morts si cela se trouve !

Angèle glousse à l'idée de ce qui est prédit depuis des semaines. On en parle partout, personne n'y échappe. Du plus petit commerce au plus bel enterrement, des journaux aux magazines de tous bords, en passant par les chaînes de télévision et les fréquences radiophoniques, chacun y va de son refrain :

Le 21/12/2012... LA FIN DU MONDE !

Et il y a quand même des cornichons pour penser que c'est vrai. Angèle, elle s'en fout, on y passera tous un beau jour, alors vaille que vaille. Non, ce qui la fait se tordre de rire, c'est la mine déconfite de certains qui imaginent l'apocalypse à notre porte, c'est la petite étincelle d'angoisse qu'elle a lue dans les yeux de sa voisine, quand sadique, elle lui a jeté au visage l'une de ses formules favorites : « la peur n'évite pas le danger, hein ? » Cependant en ce 21 décembre 2012, on a bien du mal à soupçonner les astres d'un mauvais tour. Le ciel habille l'hexagone d'un bel azur bleuté, le soleil honore la majeure partie des régions de splendides apparitions.

- Bah… Foutaises tout ça, grogne-t-elle, chaussée de ses sabots en caoutchouc préférés, le nez dans la brise légère, profitant d'une promenade dans les allées de son carré de jardin endormi sous l'hiver.

Une nausée perdure cependant et l'agace, lui triture les entrailles, ne l'abat pas pour autant. Faut faire passer ça au plus vite, une balade jusqu'au cimetière serait la bienvenue, et d'une pierre deux coups, s'amuse-t-elle, je serai au bon endroit, si c'est vrai que c'est aujourd'hui la fin du monde.

Aussitôt dit, aussitôt fait, elle ajuste son chapeau cloche face au miroir doré de l'entrée, comme s'il s'agissait d'une couronne royale. Un feutre taupe qui lui protège les oreilles des vents frais, laisse échapper un enroulé ou deux de cheveux gris bleuté qu'elle entretient régulièrement, elle-même, à grand renfort de pinceaux et de bigoudis serrés pour un effet troisième âge.

- Ah mon bon vieux laideron, tu es parfaite, s'adresse-t-elle le ton gouailleur. Un mètre cinquante-sept pour quarante-cinq kilos de chair fripée à toi toute seule !

Angèle ne se ment pas, elle n'a rien à voir avec les canons féminins actuels et même passés. Elle n'est ni belle ni jolie. Jolie ? Et pis quoi encore ? Manquerait plus que ça ! Elle exècre l'adjectif, il lui hérisse le poil, elle y est même parfaitement allergique. Non, elle, Angèle, est particulière. Vieillie prématurément. Parce qu'il le fallait. Parce que ça tombait sous le sens. Et si son faciès en est devenu sans grâce, nez trop long, pommettes écrasées, il n'en est pas moins déroutant par le contraste vibrant avec les lèvres, charnues et ourlées, d'un autre âge, comme oubliée là par le temps qui passe. À se demander pourquoi cet ensemble est si mal assorti, pourquoi cette bouche habite cette trogne théâtrale ?

Angèle prend soin de fermer, un à un, les boutons de son manteau, taupe lui aussi. À son âge, on ne prend pas le risque d'attraper froid. Aucune envie d'alimenter la rubrique nécrologique du journal local. Enfin, pas pour le moment. Elle jette un œil aux alentours, tourne deux fois la clef dans la serrure, sans oublier les verrous, du bas et du haut. On n'est jamais trop prudent, ici comme partout, y a des voleurs ! Quand dans son dos brait un klaxon joyeux, agressant son ouïe intolérante à ces exubérances, elle se retourne.

- Bonjour madame Hazard, je vous dépose quelque part ? Lance la jeune conductrice vitre baissée, faisant virevolter sa queue de cheval fauve.

Un écureuil escaladant un arbre, songe la septuagénaire reluquant celle qu'elle brocarde régulièrement de « ma dinde rousse de voisine ».

- Non, non, c'est bon, je vais à pied ! Allez-y, roulez, grogne sans complaisance la dame au chapeau cloche en agitant une main comme si elle avait le pouvoir de la pousser d'un simple geste, la faire disparaître de son champ visuel.

Mylène n'est pas surprise, elle s'attendait à cette réaction. La dame n'est pas commode, c'est un fait. Elle passe la première et redémarre en douceur. C'est ça, dégage, grommelle Angèle regardant s'éloigner la voiture bleue. C'est au-dessus de mes forces de m'asseoir à tes côtés, de t'entendre vanter les progrès de tes deux loupiots ou les vertus de ta toute nouvelle sorbetière, non merci, j'en ai soupé de tes discussions stériles ma cocotte, jamais un ragot, jamais un truc moche à déballer et toujours tirée à quatre épingles avec ça, le cheveu serré dans son élastique, tu es l'ennui personnifié la greluche... Elle ânonne ainsi jusqu'au cimetière. Pas de veine, il est désert, enfin si l'on oublie ceux qui y sont allongés. Pas l'ombre d'un visiteur. C'est vrai qu'un jour de fin du monde… Pourtant cela aurait bien plu à Angèle d'y rencontrer un veuf éploré, d'écouter la complainte d'un humain en perdition, cela lui aurait changé les idées. Mais Noël arrive à grands pas et ils sont tous comme l'autre dinde à courir les magasins. Alors elle joue les touristes, prend son temps, flâne d'une allée rectiligne à une autre, serpente d'un tombeau à l'autre, une limace reniflant la fraîcheur des feuilles à grignoter. Elle contrôle aussi, scrute avec attention les caveaux des nouveaux arrivants, compare la qualité des couronnes et leur nombre, vise la délicatesse du coup de pinceau affichant les noms en lettres dorées, constate en se gaussant la saleté de certaines plus anciennes, la mousse dans les coins et les herbes folles au pied.

- Ben mon gars, on ne t'a pas beaucoup aimé toi, ricane-t-elle. Quant à toi, on dirait bien qu'on t'a oubliée ma fille !

La visiteuse passe tout en revue, laissant son naturel lui dicter des remarques indélicates, un brin méchantes, mais surtout un poil bêtes, il faut bien le dire. Armée de son cœur en pierre sèche, elle ne voit pas plus loin que le bout de son nez.

Enfin, pas pour le moment.

- Ah ben, te vl'à ! dit-elle essoufflée comme si elle avait dû lui courir après, en se postant devant la dernière demeure de son Gérald. La sienne aussi. Choisie ensemble, parce qu'il faut prévoir ces choses-là.

Un grès, gris clair moucheté de noir, sur lequel on peut lire :

Gérald Hazard 1941 - 2001

Puis dessous, avec un peu d'avance :

Angèle Hazard 1941 -

En belles lettres qu'elle fait redorer au besoin. Au moins, ça, c'est fait. Une tombe propre et sans aucune fioriture ostentatoire. Deux buis ronds en façade et deux plaques posées sur le dessus pour honorer la mémoire du défunt. La première, dans la même tonalité de grès, toute simple avec :

À mon époux

Et une autre plus grande, noire, comme les pages d'un livre ouvert :

À notre collègue

Aux beaux jours, elle la fleurit d'un bouquet de roses. Elle cale le vase au centre de la tombe, entre les deux plaques pour éviter qu'un vent trop fort ne le bascule. Une compensation. Le minimum qu'elle puisse faire se complait Angèle, c'est qu'il n'a pas eu le temps d'en profiter de son vivant des roses du Ronsard, il venait de le planter, et c'est lui qu'on a mis en terre, le pauvre. La veille de ses soixante ans. La veille de son départ à la retraite. Paf, d'un coup, comme ça. Il s'est levé de son lit et boum, étalé de tout son long, c'était fini.

- Le cœur, a dit le docteur.
- Ben ça alors, avait répondu Angèle, y'a pas de justice docteur, un homme qui ne buvait pas, ne mangeait que les légumes de son jardin. Ah pour sûr, il aimait sa petite cigarette. Ça tue il paraît, mais bon !

Elle avait sorti un mouchoir, mais ses yeux étaient restés secs, malgré vingt ans de vie commune. Mariés sur le tard, à presque quarante ans. Employés dans la même usine de pièces détachées. Angèle était comptable, Gérald contremaître. Ils avaient uni leurs deux solitudes - un pacte solidaire - réuni leurs économies et acheté leur maison. Ils s'entendaient plutôt bien. Il faut dire que, hormis les banalités d'usage, ils conversaient peu, dans ces conditions, difficile de s'engueuler. Entre eux, il n'y avait pas eu l'étincelle de l'amour, juste une

reconnaissance, un signe de ralliement entre deux êtres qui se ressemblent. Gérald lui aussi était petit, un mètre soixante-deux. Gérald, lui aussi, souhaitait ardemment que ses congénères lui foutent la paix. Gérald lui non plus, ne connaissait pas l'empathie. Ses plaisirs étaient simples : son tiercé, son jardin, sa Gauloise et la blanquette d'Angèle.
Il ne s'est pas vu mourir, il a mis un pied devant l'autre et hop, nuit noire.
Il est parti comme il a vécu, sans faire de bruit.

Curieusement, Angèle tient à son bonhomme de grandes conversations depuis qu'il est six pieds sous terre. Elle s'assoit sur la pierre, après avoir pris soin d'y déplier un vieux foulard, c'est moins froid pour les fesses. La tombe fait l'angle d'une allée, pratique pour s'y poser. Et elle parle, parle, parle tout haut, comme s'il pouvait l'entendre.

« Alors mon Gérald, comment vas-tu ? Moi, je ne suis pas dans mon assiette, cela ne tourne pas bien rond depuis ce matin. Bah, ne t'inquiète pas, mon tour viendra et peut-être bien plus vite que tu ne le penses, il parait que la fin du monde est pour aujourd'hui... Si, si... C'est le calendrier des Mayas qui le dit. En tout cas, je n'ai rien vu qui vaille la peine de s'inquiéter, il fait même beau, le fond de l'air est doux, tu vois un peu ? Ah c'est vrai tu ne vois pas ; une blague qu'elle aime lui envoyer à chacune de ses visites. Je n'ai rien de croustillant à te raconter, c'est décevant, ils sont tous à préparer leur réveillon, j'espère qu'ils seront tous malades après avoir mangé autant de cochonneries... »

Angèle peut ainsi blablater sans voir passer le temps. Elle lui raconte à la fois tout et rien. Les méchancetés qu'elle pense des voisins, du maire, de la boulangère. Aussitôt qu'une vilaine histoire lui arrive aux oreilles, Gérald est au courant. Dès que le malheur pointe son nez dans une famille du bourg, elle court en conter les détails savoureux à Gérald. C'est bien pratique, il ne lui coupe jamais la parole, ne lui dit jamais qu'elle a tort, ne s'offusque en aucun cas des expressions imagées utilisées par sa femme, pour illustrer l'évènement, la laisse à loisir, de son ton cocasse, se moquer des soucis d'autrui. Elle est bien auprès de lui, elle peut se laisser aller, dire tout haut ce qu'elle pense tout bas.

Et une fois encore, assise au-dessus de son homme, ce fut un agréable moment.

- Allez mon bon, le jour tombe vite, je commence à avoir l'arrière-train gelé, c'est froid le grès quand même, je vais marcher tranquillement jusqu'au supermarché et acheter une bouteille d'eau pétillante histoire de faire passer ce qui me pèse sur l'estomac, conclut la veuve en repliant méticuleusement son foulard, laissant Gérald seul et muet dans la nuit à son repos éternel.

3

Pour passer du cimetière au supermarché, il n'y a qu'une route à traverser. C'est pratique et bien pensé au fond, concède Angèle, approuvant celui qui a imaginé aussi adroitement l'urbanisation de leur bourgade. Certains, à l'époque de la construction, voyaient là un manque de respect, une cohabitation inappropriée. Cependant le conseil municipal n'avait pas eu d'autre choix, c'était le seul terrain disponible et suffisamment grand. Et, les emplois créés par son implantation dans la commune en furent d'imparables laudateurs ; ils muselèrent rapidement les détracteurs du projet. Le supermarché vit le jour. À présent, plus personne n'y trouve à redire. C'est entré dans les mœurs, on va remplir son Caddie au nez et à la barbe de nos morts. Faut bien évoluer avec son temps, diable ! Angèle trouve cela très agréable de causer avec son Gérald, et à deux pas, de pouvoir acheter sa tranche de jambon. Et pis, si au cimetière elle ne rencontre pas âme qui vive, le magasin, lui, est rarement désert. Il y a toujours un quidam pour lui mettre quelques bons potins, quelques délicieux ragots, dans le creux de l'oreille. Ah c'est qu'il en a vu des changements le supermarché, des améliorations, des agrandissements, des rayons blancs de néons. On l'a mis à la page : un marché des producteurs, une poissonnerie, un service traiteur... Et Angèle en passe... On l'a même nommé hyper au lieu de super, mais tout le monde ici l'appelle encore « le supermarché ». Cela dit, il a fait de nous des consommateurs bienheureux, parce que du coup nous ne sommes plus si mal lotis dans notre province. C'est d'ailleurs à l'occasion de tous ces bouleversements-là, qu'on l'a vu arriver, l'autre zozo, le Jonas…

Le jour décline paisiblement. Les réverbères flambants neufs, nouvelle lubie d'urbanisation de la commune, bombent le torse de tous leurs feux, ils ont en concurrence directe les illuminations de Noël, sur lesquelles, on peut le dire, Monsieur le Maire n'a pas mégoté non plus.

Stupide, marmonne la dame au chapeau cloche en traversant la chaussée. Affreux ces réverbères rouges halogènes, soi-disant plus économiques. Cela reste à vérifier se méfie-t-elle. Et ces guirlandes bleues qui pleurent dans les arbres, ces grosses boules facettées accrochées ici et là, ces sapins synthétiques faussement enneigés c'est du fric en l'air tout ça, je te leur serrerais la vis du budget déco moi... Ah ! Ils ne savent pas ce que c'est une bonne comptable.

Angèle lance encore quelques insultes à qui de droit dépense aussi allègrement l'argent des contribuables, quand elle aperçoit la petite voiture de Mylène quitter le parking de la grande surface, sa queue de cheval rousse en balancier perpétuel. Tant mieux cocotte se rassure-t-elle, je ne te croiserai pas dans les rayons, remarque, je vais peut-être rencontrer l'autre zozo, ton homme, puisque c'est lui, le directeur de la boutique. Angèle honnit son sourire de requin gourmand à celui-là, son œil est bien trop charmeur pour être honnête. Il a le regard comme on a le cul parfois, entre deux chaises. Et cette manière qu'il a de replacer la mèche qui lui descend régulièrement sur le front, les doigts en peigne, agace au plus haut point la petite dame. Non vraiment, elle ne l'encadre pas. Pourtant il plaît. Partout dans le bourg, elle n'entend que mièvreries et sucrines sur son compte, partout, c'en est barbant. « Ah monsieur Jonas... C'est grâce à lui ce beau magasin, c'est grâce à lui ses beaux fruits et légumes, cette belle poissonnerie, sans parler de la boucherie c'est grâce à lui... Et on peut dire qu'il en a une belle femme et de beaux enfants, une belle famille. »

C'est grâce à lui, mouais. En deux ans jamais Angèle n'a pas entendu une seule fausse note au refrain de la sainte famille Jonas. Elle a beau les épier derrière le rideau de la montée de son escalier qui donne sur leur véranda, ses attentes restent vaines, rien que du fade, de l'inodore, de l'incolore. Ça l'énerve, la petite dame au chapeau cloche, quand chez les autres ça sent le trop propre, le trop rangé. Et, c'est Gérald qui en fait les frais, des heures entières, de cet agacement viscéral anti-voisins, bien évidemment sans piper mot.

Angèle est passée de la pénombre crépusculaire à la lumière dérangeante des spots artificiels, du silence des morts à la sono tonitruante des bons vivants, en clignant des yeux. Ben y'en a du déploiement de rouge, d'or, de scintillements, de chants de Noël, à vous étourdir. Des panneaux blancs encadrés de noir, écriture géante fluo qu'aucun ne peut louper, agitent sous votre nez, à l'entrée de ce qui semble bien être la caverne d'Alibaba, des prix imbattables sur le foie gras, les huîtres, les gambas, les chapons, le champagne, le sauternes.

- Beurk, c'est à vomir ! Rote bruyamment Angèle.

Une jeune femme brune aux rondeurs prêtes à faire exploser les boutons de sa blouse d'un jaune peu seyant, panache du magasin, envoie un bonsoir souriant à la petite dame au feutre taupe. Elle entreprend prudemment la descente à reculons des marches d'un escabeau, où perchée elle a accroché au fronton d'une allée un énième panneau conçu pour attirer les porte-monnaie, émoustiller les papilles, provoquer l'envie.

- Bonsoir ma petite, rétorque Angèle en se tordant le cou.

Celle-là, la pie Angèle aime la trouver sur son chemin, jamais avare de confidences truculentes, à peine on la pousse qu'elle vous confesse les déboires de son dernier coup de cœur, aborde l'état désastreux de ses finances et peut même aller jusqu'à vous annoncer la couleur de sa petite culotte du jour, sans compter qu'elle est toujours au courant du dernier « l'a dit, l'a fait » dans la région.

- Alors quelles nouvelles ? Tu prépares le réveillon avec un amoureux prêt à te gâter ?
- Pouf alors ça... ils sont tous radins de nos jours les mecs, madame Hazard, d'accord pour plonger leur nez dans mon 95 D, mais pour la suite c'est nada, nada. Mais je m'en fous, vous savez le soir de Noël je suis tellement crevée avec les heures passées ici que c'est une petite coupe de champagne et au lit, bah... J'me console, je pourrais être au chômage moi aussi, comme la Carole...
- Carole ? Fronce aussitôt le sourcil accroché d'Angèle.
- Oui la fille de Fernand Masso, le facteur à vélo de la ville basse
- Masso... Masso, surjoue faussement une Angèle qui en espère davantage.
- Carole Masso celle qui a les jambes arquées, on en avait ri ensemble souvenez-vous ? Sûrement que son père a trop fait de vélo, vous vous étiez moqué !
- Ah oui, la voilà donc au chômage la pauvre...
- Ben, c'est à cause de la crise y paraît, le salon de coiffure où elle travaille va mettre la clef sous la porte, c'est pas de chance, hein Madame Hazard ?
- Ah non, ça c'est pas de chance !
- Mais, à ce qui s'dit... c'est le mari de la coiffeuse qui a bouffé tous les sous... c'est ce qui s'dit, fait la ronde employée un ton en-dessous, l'œil écarquillé et

l'index sur la bouche, sceau du secret. Allez, ne nous plaignons pas cela pourrait être pire, continue la jeune femme une main sur les seins comme pour les protéger. Aujourd'hui ce doit être la fin du monde... Alors !

- Tu as raison ma petite, demain on sera peut-être tous de l'autre côté de la rue, si ça se trouve.

- Brrr, j'espère que non.

De son petit pas de souris, Angèle s'est éloignée, avec en paquet cadeau l'annonce de la fermeture prochaine du salon de coiffure et la mise au chômage de son personnel. Elle en est certaine la crise a bon dos, ils pètent tous plus haut que ce qu'ils gagnent. Ah vous chantiez, ironise-t- elle, dansez maintenant ! Cette nouvelle en petit sucre a mis notre petite dame de bonne humeur, elle déambule dans les rayons scrutant à chaque chariot croisé ce qui, souvent pêle-mêle, s'y entasse. Dis-moi ce que tu consommes, je te dirai qui tu es. Près d'une montagne en rochers de chocolat, une maman excédée réprimande son garçonnet. Il hurle, plein de bon sens, son impatience ne comprenant pas pourquoi il faut attendre le passage du père Noël, puisqu'il est là le beau tracteur rouge dans le rayon !

- Gueule mon petit gars, tu as raison, parce que le père Noël il n'existe pas, c'est un mensonge inventé par les parents, lui révèle à l'oreille Angèle dans le dos de la mère, affairée à attraper un lot de pâtes.

L'enfant stupéfait, d'abord assommé par le choc d'une telle affirmation, file se réfugier, sans demander son reste, dans les jupes maternelles. Angèle avoue que pour une fois, elle a fait une bonne action, elle a prêché pour une autre chapelle... Hein, doux Jésus !

Arrivée au rayon des eaux à profusion, elle scrute, l'œil en boutonnière, celle qui en petit format et aux bulles naturelles, l'aidera à soulager son système digestif, quand la tête lui tourne violemment. C'est bien plus qu'une nausée qui lui monte aux bords des lèvres et renverse ses entrailles, c'est un nœud qui lui essore brutalement les tripes !

Les toilettes, bon sang ! Les toilettes et vite !

Les toilettes du magasin, Angèle les connaît bien, elle y fait toujours un tour après chaque visite au cimetière. D'une pierre deux coups. Cette fois, elle s'y rue au pas de course.

Même pas le temps de fermer le verrou, de lever la lunette que... Hop ! Nuit noire !

4

Mylène est bourrée de capteurs. Cela l'énerve d'ailleurs d'être à ce point une éponge aux ondes qui l'entourent. Et depuis ce matin, c'est comme de l'électricité qu'elle sent partout autour.

Pourquoi n'est-elle pas née avec un filtre à particules négatives ? Oui, ce serait bien ça, il aurait pour effet de l'isoler de la folie qui embrase le monde. Ce monde pour lequel elle semble ne pas être faite. Enfant, elle contrôlait à sa manière les éléments de son environnement générateurs de paniques intérieures. Elle avait mis au point une méthode qui lui permettait de refouler ses angoisses de petite fille : tout ranger. Ce fut sans doute, à sa connaissance, la seule chambre d'enfant sans désordre de poupées, dinette et autres cubes ou Lego, le seul cartable où livres et cahiers ne se mélangeaient jamais, feutres et crayons de couleur non plus, chacun son soufflet, chacun sa trousse.

Dès lors, en grandissant, ce fut la seule technique qu'elle eut en sa possession pour échapper à sa crise de nerfs journalière. Elle se disait que toute chose a son tiroir, sa bonne case, sa bonne pile dans la bonne couleur, pas de place pour le désordre. « Honni soit l'imprévu » était son fer de lance. Ainsi, elle planifiait, prévoyait, faisait des listes : des listes pour ne rien omettre, des listes pour se rassurer, des listes pour se mettre sur les bons rails sans avoir à chercher. On disait d'elle qu'elle était forte. Elle était juste organisée, c'était sa fierté. Elle réussissait, vivait plusieurs journées en une seule, un sourire à ses lèvres peintes de rose et les aisselles jamais nauséabondes. Inoxydable et resplendissante. Jusqu'au jour où, après deux grossesses, des enfants en bas âge, un mari, un appartement à tenir et un job sans horaires fixes dans une maison d'édition, elle finit par craquer. Elle perdit pied, un jour où la confusion chaotique ambiante fut plus forte, un jour où pour un petit rien, hors liste, elle se noya dans son verre d'eau.

Antoine la retrouva aux urgences, les traits tirés et le teint pâle, le bras relié à une poche de glucose. En le voyant, elle fondit en larmes. Il mesura la fragilité de sa femme. L'interne de garde, après un interrogatoire poussé, décela un problème plus profond, anxiogène, voire un état dépressif.

Très vite Mylène rencontra le docteur Alban et fit la sensationnelle découverte qu'une toute petite pilule est capable de vous ôter l'étau au creux de la poitrine, l'étau qui vous oppresse depuis tant d'années. Elle entreprit une thérapie, un travail de fond. « Il ne faut pas le négliger avait dit le docteur Alban, il dénouera les liens de votre addiction de l'excellence à tout prix ». En quelques mois, il fallait bien le reconnaître, elle établit un peu moins de listes, n'en fit plus un drame si le bain des enfants était retardé d'une heure ou si on n'avait pas réservé les vacances avec six mois d'avance. Mais c'est Antoine qui trancha dans le vif, désirant pour sa famille une vie meilleure, et pour Mylène moins de heurts.

- On quitte Paris, on part s'installer en Province !

Il venait d'accepter la direction d'un supermarché dans une région éloignée de la capitale dont Mylène ignorait jusqu'à ce jour l'existence, et qu'un bien-pensant de son entourage désigna, terrifié, comme étant en centre de « la diagonale du vide ! ». Un coin effectivement cerné par la forêt et des troupeaux de vaches blanchâtres où, un samedi matin ensoleillé, un agent immobilier leur fit visiter une maison entièrement rénovée, posée sur un terrain arboré au centre d'un adorable petit bourg fleuri. Mylène et ses petites pilules ne trouvèrent rien à redire, elle démissionna le jour même, le cœur allègre.

C'est dans cet endroit reculé, abandonné presque, qu'elle a appris à vivre autrement, repliée sur elle-même, nouée à sa famille. Un second souffle. Plus lent. Nécessaire. Pour enfin émerger, nouvelle et reprendre de petites traductions pour sa maison d'édition, de chez elle à son rythme, donner également de son temps, quelques heures de soutien scolaire à des collégiens du cru en perdition. C'est ainsi qu'elle a remis le pied à l'étrier. C'est ainsi qu'elle avance à présent, tranquille, sans se prendre la tête.

Malgré tout, ses angoisses font encore des intrusions inopinées dans sa vie calme et rangée. Dans ces moments- là, elle est à fleur de peau ; dans ces moments-là, elle craint le désordre ; dans ces moments-là, elle se dit qu'elle n'est pas véritablement guérie. De ses thérapies successives, elle a appris « à mettre son corps en fête pour libérer sa tête » ... Alors elle file à son cours de yoga ou elle nage quelques longueurs supplémentaires, mais cela ne suffit pas toujours à l'apaiser. Seul Antoine possède ce pouvoir, celui de barrer la route aux réminiscences de ses frayeurs, celui de faire s'effondrer les châteaux de cartes de ses paniques. Il la serre tout contre lui, elle sent son odeur, tout s'envole, tout semble si facile quand il est près d'elle. Ce soir, il ne sera pas là. C'est probablement de là que vient son angoisse du jour. Une fois ou deux par mois il a des réunions avec la direction régionale. Elle n'aime pas ces soirées sans lui. Et pour aller au fond des choses et de ce qui traîne dans l'air, comment ne pas se laisser atteindre par ce qu'on nous prédit depuis des semaines pour aujourd'hui, ce 21 décembre 2012 : la fin du monde. Des comités se sont créés et les gens se regroupent, attendent, les yeux rivés au ciel. D'autres ont même fait le voyage pour se placer sous la protection du fameux pic de Bugarach, le seul endroit où, paraît-il, on sera à l'abri du désastre, ils y ont planté leurs yourtes, sincèrement convaincus de son pouvoir protecteur surnaturel.

Tout le monde parle, spécule, avance des inepties et de vraies-fausses rumeurs. Mais serait-ce vraiment la FIN ?

Son esprit a beau ne pas être aussi naïf, cela trotte quelque part dans sa tête. L'évènement est allé s'amarrer dans son cerveau, là où elle range ses peurs inexplicables et avec celle-là en sus, la case déborde. C'est irraisonné, elle le sait, mais la fin du monde, franchement, c'est flippant. D'ailleurs, elle n'aurait pas dû déposer les enfants à l'école et elle a même failli courir les reprendre à la cantine ce midi, les pauvres, ils n'auraient pas compris. Ok, ok, c'est fou, mais cela fait des jours que les médias nous abreuvent du malheur du 21 décembre 2012, elle l'a pris en compte, l'a gardé inconsciemment dans un coin de sa tête. Comme si ce jour-là, quelque chose devait réellement bouleverser l'ordre du monde. Mylène chasse l'idée funeste, sa queue de cheval lui balaye la nuque, elle prend une grande respiration, une qui part du bas-ventre, libératrice.

Dans quelques minutes sa voiture bleue se garera dans la rue de l'école. Elle retrouvera ses petits amours, leurs bisous, leurs mots d'enfants et déjà leurs premiers soucis. Une dispute à la récréation, la maîtresse qui a grondé, une mauvaise note. Pourtant elle veut qu'ils soient forts et elle essaie de mettre tout en œuvre pour qu'ils le soient, mais il n'est pas toujours aisé de répondre à leurs interrogations à leurs terreurs, de les tenir solides. Mylène se rappelle les pleurs de Lily, effrayée par la voisine avec son histoire de Jonas et de baleine. Elle n'avait su comment calmer l'angoisse de son enfant :

- Pas du tout ma chérie, Jonas veut dire... colombe... oui, une belle colombe blanche.

Elle se trompe crois-moi !

Un mensonge. Une échappatoire bête.

Pourtant, Lily n'avait pas oublié, et quelques jours plus tard, heureuse d'éclaircir l'histoire pour sa mère, grande tout à coup, elle était revenue sur l'anecdote, l'air de rien, en souriant :

- Tu sais maman c'est vrai. Il y a bien eu un monsieur Jonas avalé par une baleine, c'est papa qui me l'a dit, trois jours elle l'a gardé dans son ventre, mais c'était pour le mettre à l'abri, elle l'a recraché doucement sur une plage, tu vois elle est gentille cette baleine !

Mylène était restée sans voix. Antoine avait éteint la peur de sa fille en une explication pragmatique, d'une extrême simplicité et l'enfant avait tout saisi. Depuis elle se sent coupable de ne pas avoir été capable d'en faire autant.

Antoine sait comment dénouer les nœuds, spontanément et sans détour, de manière directe et réaliste. Antoine sait comment transformer la plus forte houle en une mer d'huile. Et en ce jour si particulier du 21 décembre 2012, Mylène sourit, se trouve idiote, chasse ses angoisses d'un long soupir, réalise la chance qui est la sienne de vivre auprès d'un tel homme.

5

Elle a vraiment un beau cul, Antoine jauge admiratif. C'est même la première chose qu'il a vue chez elle, son cul, moulé dans un pantalon noir. De face c'était pire, le tissu prenait l'empreinte de ses lèvres, les grandes, certainement pulpeuses. Il n'avait pu s'empêcher d'imaginer les autres, plus petites, plus fines, comme des pétales de fleurs, certainement juteuses. Elle ne portait pas de culotte la salope, ça se voyait. Immédiatement il l'avait désirée, elle l'avait senti, elle venait comme une chatte, lui tourner autour, le frôlait subtilement, exhibait des seins ronds comme des petits pains chauds le buste penché, tournant les pages du parapheur, une à une, lentement. Il en suait à grosses gouttes, l'œil exorbité. Il reluquait la cambrure féline de ses reins devinant ses fesses dans le prolongement, c'était à devenir fou ce cul offert, ces seins à portée de bouche. Rapidement, il n'avait plus pensé qu'à ça, la baiser, oh putain la défoncer ! S'il avait pu, il l'aurait prise là, sur le bureau, tout de suite, elle n'aurait pas dit non, il le savait. Ça prenait toute la place dans son cerveau, sa queue enflait dès qu'elle s'approchait. C'est elle qui a pris les choses en main, sûre d'elle, elle en a l'habitude. Son adresse sur un bout de papier et deux mots : « ce soir ! »

Le sang battait partout de ses couilles à sa tête, il y serait allé en rampant, il ne se reconnaissait plus, il écartait toutes autres pensées. Cela arrivait à la veille de ses quarante ans, comme un cadeau. Il savait que ce serait bon, elle avait la bouche qui puait la bite, bon Dieu oui ce serait bon. Et ce le fut. Et ça l'est à chaque fois, depuis plus d'un an. Sultane est gourmande, Sultane n'a pas de tabou, Sultane aime le sexe, Sultane est libre et libertine. Oh elle n'a pas que lui dans sa vie, la petite pute, elle profite comme elle dit, sûrement qu'elle y trouve son compte, des petits cadeaux par-ci par-là, des petits plus qui font plaisir, améliorent l'ordinaire. Sultane n'est pas compliquée, elle prend la vie comme elle prend les hommes, au gré de ses envies. Peut-être que demain elle lui dira que c'est fini. Auprès d'elle il n'a pas vraiment l'impression de tromper sa femme, enfin presque pas. Après, il se sent mieux, plus léger, plus mâle aussi. Après, il peut rentrer chez lui, ouvrir les bras et dénouer les nœuds des états d'âme de Mylène. Après, il oublie Sultane. Bien sûr, cela fait partie des lieux communs, la secrétaire et son boss ; parfois il a peur que cela se sache, mais c'est aussi gros qu'une couleuvre à avaler, lui et Sultane, quinze ans de moins et pas du même monde. Et puis, il sait se cacher, les réunions régionales ont bon dos, elles sont toujours suivies d'un restaurant, alors il se gare au parking souterrain de l'immeuble de sa dulcinée, et hop, ascenseur et hop, son compte.

- Hum t'as de belles fesses quand même, murmure-t-il gourmand en lui caressant le dos, sa main attirée plus bas vers les collines blanches et charnues.

Sa peau se hérisse de petites pointes délicates, elle est à plat ventre, le nez dans l'oreiller, ses cheveux noirs et défaits cachent tout de son visage.

- Oh, mais pas que... miaule-t-elle sensuelle roulant sur elle-même, étirant bras et jambes, découvrant impudique tout d'elle, telle une chatte réclamant des caresses.

- Oui tu as raison, pas que Tanou, pas que... J'aime aussi ces pointes dressées là, ce nombril là, ce triangle noir là et surtout, surtout, fait-il en fouillant délicatement entre ses cuisses. Surtout ces lèvres-là, allait-il annoncer quand son téléphone se mit à danser en vibrant sur le chevet.

- Allons bon, la surveillance du magasin, grogne-t-il, dérangé. Oui j'écoute, fait le directeur, la voix soudainement inquiète et plus haute.

- L'agence Surveille à l'appareil monsieur, votre code s'il vous plaît ?

- Baleine.

- Une alarme intérieure s'est déclenchée sur mouvement, pas de pénétration venant de l'extérieur, indique laconique l'agent de service.
- Et c'est tout, rien d'autre ?
- Oui.
- Bah probablement comme la semaine dernière, un panneau qui s'est décroché, rien de méchant, on verra demain, merci, bonne nuit !

Il raccroche, irrité, glisse une main en peigne dans ses cheveux et soupire. C'est à chaque fois le même scénario des panneaux accrochés à la va-vite qui fichent la pagaille, il va passer une nouvelle ronflée aux filles chargées des accrochages.

- Tout va bien ?
- Oui ça va... Ça va... Il a dit « pas de pénétration venant de l'extérieur », mais moi je sens qu'il va y en avoir une ici et tout de suite, fait Antoine en se jetant sur sa brune offerte. Au fait petite garce, tu ne m'as pas dit merci, demande-t-il subitement en se dressant sur ses avant-bras, écrasant la belle de tout son poids.
- Merci, mais pourquoi ?
- Ben pour le briquet, idiote. Tu l'as trouvé au moins ?
- Ah oui le Dupont ! Laqué noir c'est classe, j'ai griffonné un petit mot pour te...
- Un petit mot, mais tu es folle, pas de ça entre nous malheureuse, je ne tiens pas à me faire gauler, qu'as-tu écrit ? Ça peut prêter à confusions ?

- Rien franchement, psychote pas. Juste merci. Pas de quoi fouetter un chat, lance la secrétaire à son amant, sûre d'elle.

- Oui ben, le merci c'est tout de suite et en nature ma petite caille !

Il y a quelques jours, il avait pris le temps de passer à la bijouterie de la grande ville voisine, il cherchait pour le Noël de Mylène un pendentif en diamant, son rêve depuis longtemps, quand son regard est tombé sur ce briquet, un Dupont en laque noire, cet accessoire plaira à Tanou a-t-il tout de suite pensé. Elle glisse parfois entre ses lèvres une longue cigarette, fine et mentholée, en tire quelques bouffées et l'écrase à peine consumée, sans un regard, le geste lent et naturel, c'est toujours follement sexy. Il a acheté le briquet, anticipant, ou plutôt achetant par la même occasion, sa consommation des mois prochains en corps à corps débridés. Sa testostérone s'est mise à danser quand il a glissé le paquet enrubanné dans l'un des tiroirs du bureau de sa secrétaire, déjà impatient de se faire payer.

La nuit est très avancée quand Antoine se glisse enfin sous la couette conjugale, pourtant il ne ressent aucun malaise, aucune culpabilité et c'est tout naturellement qu'il se love nu et en chien de fusil contre le corps endormi de sa femme. Il l'enroule tendrement de ses bras et sa douce chaleur le fait frémir de bonheur. Il referme une main sur la rondeur d'un sein, colle ses cuisses aux petites fesses fermes, moulées de satin, respirant à pleines narines l'irrésistible odeur de jasmin qui flotte toujours dans la chevelure rousse. Il est chez lui. Enfin.

- Quelle heure est-il ? interroge Mylène, la voix engourdie de sommeil.
- 2 heures 30, dors mon chat.
- Humm... Ça veut dire qu'on est le vingt-deux alors, tant mieux, ce n'était pas la fin du monde, murmure la jeune femme.
- Tu crois à ces sornettes ? lui souffle-t-il tendrement à l'oreille.
- Je ne sais pas.
- Tout va bien ?
- Oui tout va bien, les enfants sont en vacances. Martin commence la piscine début janvier et Lily a eu un 10/10 en récitation.
- Elle tient de toi pour ça, fait Antoine en déposant un tendre baiser sur l'épaule de sa femme.
- Mmm...

Il se dit tout à coup qu'il a beaucoup de chance, oui beaucoup de chance d'avoir cette femme-là à ses côtés, si douce, si belle, si sensible, qu'il n'en changerait pour rien au monde, qu'il en est tombé amoureux dès la première seconde, qu'il l'est encore. Au point d'oublier qu'il sort de la chaleur d'une autre, une autre qui n'a plus aucune espèce d'importance.

- Au fait, je suis inquiète, je n'ai pas vu de lumière chez madame Hazard ce soir.

- T'en fais pas, c'est une radine, elle doit s'éclairer à la bougie cette vieille bique, rendors-toi mon chat, bonne nuit !

- Mmm... tu as raison, froufroute Mylène avant de sombrer à nouveau en léthargie, au creux des bras forts de son homme.

6

Samedi 22 décembre

C'est le froid du carrelage contre sa joue qui réveille Angèle. Son crâne lui fait un mal de chien et tout lui vient pêle-mêle. J'suis où ? C'est quoi ce puits noir et glacé ? Ça pue bon sang ! Ça pue la mort ! J'suis morte, c'est ça... Je suis morte ! Suis-je au fond du trou ? T'es où Gérald ? Mon Gérald t'es où ?

Morte, une perspective terrifiante, elle en pleurerait si tout son corps n'était pas figé de terreur, pétri d'une trouille monumentale, pourtant ses membres commencent à avoir la bougeotte et l'allongée reprend ses esprits, enfin ce qui ressemble à un semblant de conscience, ses yeux s'habituent à l'obscurité, perçoivent des ombres et des formes. Ça cogne dans sa tête, mais a-t-on encore mal une fois mort ? Timidement elle avance une main, la glisse sur le haut du front et sous ses doigts reconnaît avec stupeur son chapeau cloche. Ils m'ont enterrée avec mon chapeau ? Elle palpe, les bras puis le reste du corps, constate avec étonnement qu'elle a aussi son manteau.

- Remarque ils ont bien fait, fait pas chaud ici, mais nom d'un coing je peux bouger et parler, réalise la décédée donnant tout à coup de la voix, c'est très bizarre la mort ! Dans la pénombre mortuaire, l'œil plissé de curiosité, elle distingue une forme à la fois spectrale et blanchâtre.
- Et en plus je vois ! Oui, oui, je vois, je vois... une... une cuvette de W.-C. ! s'exclame-t-elle horrifiée.

C'est bien cela, Angèle a une cuvette de water suspendue au-dessus de la tête. Ben, merde alors, elle se souvient à présent, elle est entrée dans les toilettes du supermarché et puis... Et puis... Plus rien, se désole la petite dame, aucun souvenir. Angèle a ouï-dire que les morts peuvent rester des semaines à l'endroit où ils ont passé l'arme à gauche, des conneries, pensait-elle, mais là faut bien avouer que si c'est le cas, c'est une drôle de punition... Les latrines !

Le temps semble anormalement s'écouler, un mélange d'éternité et d'accélérations fulgurantes, des heures ou des minutes qui effraient la petite dame au chapeau cloche et l'enhardissent. Elle peut s'asseoir, même se relever et ouvrir la porte en tournant le verrou. Elle passe comme un zombie dans la pièce attenante, deux lavabos blancs, un sèche-mains, et un grand miroir dans lequel, malgré la pénombre, elle distingue son reflet avec le chapeau de guingois. En hauteur le mot, SORTIE, en spot allumé sur un fond vert. Elle ne cherche pas à comprendre et pousse la porte. Elle s'ouvre peut-être sur l'au-delà ou pourquoi pas, même si elle n'y croit pas, le paradis ?

Mais ce n'est que… le supermarché ! Constate la petite dame surprise et, au fond, déçue.

- Je ne comprends rien à rien ! lance-t-elle tout haut et à la volée, comme un message envoyé à l'intention d'une entité supérieurement intelligente.

Elle tente quelques pas.

- Ben me vl'a bien, je vais faire quoi moi ici, c'est pas drôle du tout cette blague, toi là-haut je te parle... Euh vous là-bas... J'sais pas où vous êtes, j'y connais rien à tout vot'bazar ! se fâche-t-elle le poing levé en direction du ciel, avançant à pas comptés, l'air hagard, cherchant une solution à son énigme, quand un hurlement vient lui déchirer les tympans, la stoppe net et arrête son cœur.

L'alarme du magasin ! Elle brait à vous assourdir ! Rogne conduits auditifs et tripes ! Et ce n'est qu'au bout du bout d'un long moment à abrutir qu'elle consent à céder la place à un curieux silence où tout être vivant semble avoir été mis au pas. Seul, son écho résonne encore dans les oreilles de la petite dame, comme une cloche qui tinterait sans finir, réveillant enfin sa clairvoyance.

- Ben, je ne suis pas morte, je suis juste enfermée, ils m'ont enfermée les imbéciles, réalise la ressuscitée, ah les cons ! Bon alors y'a forcément quelqu'un. Hou ! hou ! Y'a quelqu'un nom d'une pipe ? Un gardien ? Quelqu'un ? J'suis là, Angèle Hazard, venez me chercher ! Termine-t-elle la voix en flûte, soudainement oppressée.

Elle n'ose plus avancer d'un centimètre, par peur de l'autre brailleuse, elle reste comme ça, les jambes en béton durci, la nuque en piquet raide et la tête boule de billard. Un long moment qui fait à nouveau basculer ses pensées dans le surréalisme. Non, y'a personne on dirait, on dirait qu'ils ont tous disparus, pchitt envolés, pire, volatilisés, pire, désintégrés ! Et si... Et si c'était ça la fin du monde promise, hein ? Oui plus personne, que moi à errer dans ce magasin pour le reste de mes jours. J'ai vu ça dans un film. Parce que normalement, c'est surveillé une grande bâtisse comme celle- ci avec autant de marchandises à l'intérieur. Ils devraient déjà être tous alertés et accourir, armes au poing pour arrêter le cambrioleur, non ? Si ça se trouve dehors, y'a plus que des bêtes féroces, elles rôdent reniflant mon odeur de vieille carne.

Un frisson d'horreur lui hérisse le poil, mais loin de se laisser abattre et en bonne comptable qu'elle a toujours été, Angèle se raisonne et passe en revue une à une les diverses hypothèses à son problème :

- D'un : je suis morte. Auquel cas, j'y peux plus rien et j'attends la suite.
- De deux : je suis la seule survivante. Vu le stock,

j'ai de quoi tenir un siège, puis devenir folle et enfin mourir dévorée par des chiens errants.

- De trois : je suis réellement et bêtement enfermée avec au crâne, une belle bosse, ma solution préférée. Alors, un moins idiot que les autres a entendu l'alarme et va me libérer bientôt, ou mieux, j'attends sagement l'ouverture du magasin demain matin.

- Han, han... conclue-t-elle tout haut. Dans tous les cas il me faut un endroit où m'asseoir et attendre au calme.

Angèle n'est pas d'un naturel peureux, mais quand même, cela fout le cafard ce magasin déshabillé de lumière, uniquement éclairé par quelques rails de néons sordides, sans la plus petite parcelle d'âme qui vive et muet, sans musique ni annonces, les stores baissés sur ses étales, ses rayons frais vidés. Un paquebot en berne qui flotte dans une nuit sans heures et sans repère, un navire fantôme au milieu d'un océan inconnu. Elle doit dégager de là et vite. Sans demander son reste, elle lance ses cannes d'oiseau à l'assaut d'un escalier tout proche. Elle appuie sur l'accélérateur, attrapant la rampe qui se présente à elle comme une main tendue et grimpe au pas de course les marches faisant à nouveau hurler l'alarme.

À l'étage, le souffle court et le cœur en pièces détachées, Angèle fait face à trois portes. Son naturel joueur lui dit que cela pourrait ressembler à un jeu de piste finalement. Pas si bête après tout. Y'a quoi à gagner ? Trois portes : trois chances ou trois malchances. C'est un truc pour la télé, c'est ça hein ? Elle va en ouvrir une et ils seront tous derrière à rire et à applaudir, à crier : SURPRISE ! Un grand moustachu aux cheveux blancs avec un fort accent va lui ouvrir les bras. Elle connaît cette émission ! De toute façon qui ne tente rien n'a rien, allez elle se lance.

Première porte, elle essaie de l'ouvrir, fermée. Perdu.

Dessus est écrit « ... » Qu'est-ce qui est écrit ? Elle n'y voit goutte. Où sont ses lunettes ? Dans son sac. Et où est son sac ? Resté dans les toilettes probablement, bah tant pis.

Hissée sur la pointe des pieds elle tente malgré tout de déchiffrer, sans binocles et dans l'obscurité, ce qui est affiché sur ce premier sésame :

COMP... TA... COMPTABILITÉ

- Normal, moi aussi je fermais la porte de mon bureau.

Deuxième porte :

DIRE... DIRECTION

- Ça y est, j'y suis chez le bon Dieu, s'esclaffe Angèle.

Elle essaie de l'ouvrir, fermée.

- Zut ! rage-telle dépitée.

Et la troisième. La porte de la dernière chance. Allez, allez, on se lance ! On dirait Boucle d'Or goûtant à toutes les écuelles. Bingo, c'est ouvert ! Chez qui met-elle les pieds aussi facilement ? Quel est l'intitulé du lieu ?

SE... CRÉ... TA... SECRÉTARIAT...

- Pfff une secrétaire, cela ne m'étonne pas ! grince-t-elle railleuse.

Cependant, personne pour l'accueillir, pas de moustachu en vue, pas de jeu télévisé. Dommage, elle aurait aimé cela. Le bureau est plongé dans une semi-obscurité. Des classeurs multicolores, en rang d'oignons, sur des étagères en métal. Un énorme photocopieur dans un coin. Au centre, un bureau où dort un ordinateur à l'écran noir. Elle n'est pas copine avec ces bestioles-là, elle avait eu un mal de chien à s'y mettre à l'époque. Heureusement on ne lui avait pas demandé de persévérer, elle avait pu garder ses bonnes vieilles méthodes et sa calculette, cela dit, ils ont fini par la mettre en préretraite à cinquante-sept ans. Remarque, elle n'a pas dit non, y'avait un pactole à la clef de sortie, de quoi gonfler un peu, pas trop, son épargne. Et pour accélérer le mouvement, on lui avait fourré dans les pattes un jeunot, tout frais moulu des écoles, il la regardait au travers de lunettes en écailles. Plus d'une fois, elle aurait aimé les lui ratatiner sur le nez. Lui parlait le langage binaire. Elle, ne faisait plus que le menu fretin. On l'avait rangée telle une vieille voiture, mise sur une voie de garage. Tous des cons, avait-elle lancé en les quittant. Pour l'heure, ragaillardie, elle vise le clou du spectacle, un superbe fauteuil en simili cuir noir qui semble bien confortable avec même une chaise sur le côté pour allonger ses jambes, royal quoi.

- Aaah, fait-elle ravie en s'y affalant avec une joie non feinte.

Et tiens sur le bureau, un téléphone ! Un gros, qui fait fax, ça elle connaît bien, elle pourrait appeler la police ou les pompiers, oui, elle pourrait. Mais non, elle ne le fera pas, elle ne le veut pas. Elle va attendre et voir. Oui, c'est ça, attendre et voir.

En fait ce que n'avoue pas clairement Angèle, c'est qu'elle trouve l'aventure plutôt à son goût. Cela la change du tout au tout de son train-train quotidien. Qu'aurait-elle fait ce soir ? Regarder les infos régionales les pieds dans ses pantoufles en lapant sa soupe, puis les infos nationales en gobant son yaourt. Ah tu parles d'un programme. Là, elle a la sensation d'être dans une sacrée aventure tout de même, comme devenue l'héroïne d'un film, non, d'un feuilleton. Ce serait bien un feuilleton suivi par des milliers de téléspectateurs. Son heure de gloire quoi. Enfin, s'ils ne sont pas tous morts ! Alors, reine assise en son trône de simili cuir noir, elle attend et savoure. Ses boyaux dansent encore la java et un truc lui lime les tripes. Elle n'a pas faim, juste très soif. Cependant, hors de question de redescendre et faire gueuler à nouveau l'alarme. Y'a bien une petite bouteille d'eau qui traîne par ici, y'a toujours une bouteille d'eau qui traine dans un bureau. Et elle a plutôt l'air d'avoir la main ce soir.

Allez, à l'attaque !

Premier tiroir :
Différentes notes de service, des Post-it, une lime à ongles, un tube de colle mal refermé, une paire de ciseaux, du scotch, une loupe, trois stylos Bic bleus, des feutres de différentes couleurs, un agenda noir de 2010, un autre de 2012 et un spray buccal à la menthe forte, quelques bonbons, m'ouais...

Deuxième tiroir :
Un flacon de parfum, du Guerlain, sent bon, un rouge à lèvres Chanel rouge vif. T'as pas l'air de t'emmerder dans la vie, mais t'es pas ordonnée. Des courriers fournisseurs en vrac, rien à faire là. Ah, je te serrerais la vis moi, conclut la comptable à la retraite, rien qu'à voir tes tiroirs, j'te prends pas comme secrétaire.

Troisième tiroir :
- Oh, oh, chante soudainement la pie Angèle.

L'inventaire du dernier tiroir est simple, un carnet rouge fermé par un élastique de la même couleur et un coffret de la marque Dupont, qui de toute évidence a été ouvert à la hâte, son emballage chic est chiffonné, roulé en boule au fond du tiroir. Et, sur un carton blanc, quelques mots, l'écriture est ronde, facile.
- Pas mal, le briquet. De la laque, fait la fouineuse en attrapant le mot dont la lecture aurait pu poser

problème, si elle n'avait pas eu souvenir de la loupe dans le premier tiroir.

Sans faire attendre sa curiosité, elle lit.

- Nom d'un petit chat mort ! S'exclame Angèle, médusée.

7

Antoine s'ébouillanterait volontiers avec l'eau de sa douche ce matin, il aimerait voir sa peau partir en lambeaux. Sans doute trop couard, il laisse le thermostat au dosage de chaleur supportable, juste une étuve, faite pour le nettoyer. L'eau ruisselle sur son visage, dégringole le long de son corps, termine dans la mousse à ses pieds, s'enfuit sale et honteuse avalée par le siphon. Il étrille son épiderme de toutes ses forces, ses bras et son torse en sont écarlates. Il fait ça pour se purger d'elle. Il fait toujours ça quand il prend conscience du mal, quand sa lucidité le remet sur le chemin conformiste de ses principes. Se laver devient alors une obsession, c'est à chaque fois comme une absolution, un baptême. Après il est vierge d'elle. Pourtant, il se ment à lui-même. Il sait. Il sait bien qu'au premier frôlement tout à l'heure, au premier effluve de son parfum dans sa bouche, au premier martèlement de ses talons aiguilles sur l'escalier métallique, sa queue reprendra le pouvoir, elle commandera.

Homme, misérable, face à sa propre lâcheté de mâle. Il pense à Mylène, à sa fragilité cristalline. Son cœur éclate. Salaud, comme les autres. Entre ses doigts les fautives, ses couilles ; ces deux boules-là, il les voudrait indifférentes, étrangères à son corps, il serre à étrangler, pour les faire taire. C'est à chialer de connerie. Sous le pommeau de douche, il étouffe un râle. Anéanti. Il n'aspire plus qu'à la vieillesse, à l'impuissance. S'il le pouvait, il se ferait castrer sur-le-champ. Dégoûté.

Couchée dans la pièce voisine, Mylène entend l'eau couler. Son homme pourrait passer des heures sous la douche, presque brûlante, elle le taquine parfois, promettant de couper l'eau chaude. Elle se souvient de ce temps où elle l'y rejoignait, la salle de bains prenait alors des allures de sauna, c'était avant l'arrivée des petits. Des parfums, rassurants, lui parviennent aussi, celui poivré de son gel douche, puis le mentholé de sa mousse à raser. Elle se sent bien dans ce moment d'intimité volé. Le petit claquement du rasoir contre l'émail du lavabo. La caresse cotonneuse du drap de bain sur sa peau. La petite touche d'eau de toilette boisée sur son torse. Sous sa demie bulle de couette, elle s'amuse et se régale à tout percevoir. Dans moins de deux minutes, il passera dans la chambre, sa chemise pas tout à fait boutonnée. Il viendra s'asseoir sur le bord du lit, frôlera sa chevelure rousse d'une main légère pour lui susurrer : « tu dors mon chat ? J'y vais. » Certains jours, il se penche sur elle et la serre très fort. Ce matin, il l'étouffe d'un baiser fou.

- Tu pars tôt aujourd'hui.
- Nous sommes à deux jours du réveillon je vous rappelle, Madame Jonas, votre époux a du pain sur la planche, dit le mari la voix pleine de tendresse. En plus l'alarme intérieure a sonné cette nuit, ajoute-t-il plus bas.
- Ah bon ?
- Rien de méchant rassure-toi, mais je veux être là avant tout le monde, pour contrôler. Profite, reste au lit, tu as encore pas mal de temps devant toi avant le lever de nos petits monstres, et en la regardant intensément il avoue, tu es tellement belle au réveil, j'enrage d'avoir à partir.

C'est tel un condamné à l'échafaud qu'Antoine quitte le domicile conjugal. Il monte dans sa familiale tête basse, la lame de la guillotine sur la nuque. Un goût amer sur la langue, le cœur en tempo maximum, les sens en alerte rouge. Il démarre sans bruit et la sensation enfle en lui, violente, lui écrasant le plexus. C'est la vague d'un tsunami qui avance. Les pieds dans l'eau, déjà, impuissant, prêt à se faire avaler, retourner, submerger. Il sent tout ça, comme si c'était à sa portière, il est envahi par la trouille.

J'arrête mes conneries, il le faut, se persuade-t-il en secouant la tête, Mylène est tellement au-dessus de toutes les autres, Mylène est si - et l'adjectif élitiste qui lui vient lui serre la glotte - exceptionnelle. Il ralentit le regard brouillé, conscient de tout ce qu'il pourrait perdre, passe un premier rond-point puis un second, cette année le centre de leur terre-plein est planté de sapins recouverts d'une fausse neige ; c'est idiot la neige en carbone, une trahison, ce mot le pique soudainement. Il est très tôt, il n'a dormi que deux petites heures. Antoine a depuis toujours savouré ces moments de solitude avant l'aurore où le monde semble vous appartenir, ces débuts de jour encore accrochés à leur nuit. Un entre-deux. Un espace où l'on est à la fois ensommeillé et pas tout à fait éveillé, ni vivant ni mort, où tout est moelleux et sans véritable contour. Des instants pas vraiment finis ni encore commencés. La radio envoie un spot publicitaire qui chante les vertus d'une enseigne concurrente et capte son attention, il passe alors la frontière invisible. Celle qui le sépare de la douce chaleur familiale à la lumière crue des néons du magasin. En un instant il reprend le masque et les atours du manager.

Antoine ne le sait pas encore, mais c'est plus qu'une frontière qu'il vient de franchir, cela ressemble bien à un point de non-retour.

Il se gare à l'endroit réservé à la direction, sur cette aire d'asphalte noire quadrillée d'emplacements rectangulaires tracés à la peinture blanche. Les Caddies encastrés les uns dans les autres forment des lignes qui débordent des abris en plexiglas. Tout dort là aussi, replié. Les consignes voudraient qu'il soit accompagné pour l'ouverture, il aurait bien fait de demander à l'un des vigiles engagés pour les fêtes d'être présent, c'est trop tard. Il assume.

Bientôt, il y aura toute cette agitation de fourmis autour de lui, cette agitation qui le fait aimer plus que tout son métier, elle se mêle ces jours-ci à une fébrilité palpable, pour que tout soit en place, soit le plus beau, le plus goûteux, le plus attractif. C'est d'abord le ballet des camions de livraison et la danse des chariots élévateurs. Il faudra vérifier les arrivages, les stocker ou les mettre en rayons, décider des promotions du jour. Nous accorderons nos violons et chacun rejoindra son poste. Alors seulement, le grand chapiteau ouvrira ses portes pour une nouvelle représentation. Lui, en chef d'orchestre. Il aime cet instant où les chariots passent la ligne de départ de leurs courses. Oh bien sûr, plus jeune il s'était pris à rêver, en première année de son école de commerce. Il se voyait à la tête d'un grand magasin de la capitale, il se voyait diriger une enseigne prestigieuse, une égérie parisienne. Il se voyait en maître des lieux, Monsieur Loyal, il se voyait ; mais on ne l'attendait pas. Il n'était pas le meilleur. Il était juste bon. Juste ce qu'il faut. Et puis en vérité la province, les surfaces plus petites, la proximité, au bout, il y a trouvé son compte. Au pays des aveugles, les borgnes sont rois, non ?

Dès sa prise de fonction il a voulu donner à son aura toute managériale une rassurante proximité, « appelez-moi Antoine », a-t-il dit à peine débarqué. Ravis, les plus jeunes ont emboîté le pas et pris le pli sans problème, mais les plus anciens n'étaient pas prêts. On est en province, diable ! Les choses ne bougent pas aussi facilement et eux, « Monsieur », ils trouvent cela plutôt bien, le respect, les conventions, c'est ainsi depuis des lustres par ici. Antoine leur a laissé le choix, mais « Monsieur Jonas » le fait sourire encore parfois. Cette période, celle des fêtes de fin d'année, l'émoustille toujours. Celle, où le magasin regorge de tout, où le magasin travaille sans relâche, où le magasin explose son chiffre d'affaires, où l'ambiance frénétique galvanise les employés, où l'atmosphère festive étourdit les clients les fait dépenser. Un truc dans l'air qui ferait croire au père Noël.

Le doigt sûr, il tape le sésame qui lui permet d'entrer dans sa caverne, à la Ali Baba, sans faire hurler les alarmes. Un instant de suprématie pendant lequel il est le seul gardien du temple, seul détenteur d'une clef invisible. Le boitier indique en lettres rouges sur fond noir qu'un incident a bien été détecté. Bon, bon, on va vérifier tout ça ! Le cérémonial est absorbé, silencieux. Un à un, il lève les interrupteurs, allume chaque secteur. Le directeur fait le tour, rien. Tout semble en place. Il scrute de tous les côtés. Se baisse. Se hisse. Toujours rien. Lève les yeux, les panneaux sont bien accrochés.

- Je vais faire vérifier cette alarme moi, les capteurs déconnent.

D'une main ferme il attrape la rampe métallique, grimpe l'escalier qui mène aux bureaux. Les talons aiguilles de Tanou claquent dans ses tempes, il frémit. Tu es en ouverture espèce de con et tu as un défaut d'alarme sur les bras, se flagelle-t-il pour revenir au moment qui demande concentration.

Antoine n'a rien d'un héros hollywoodien, il se rassure rationnellement. Aucune intrusion extérieure cela ne peut être qu'un élément mineur intérieur. Pourtant, quand la porte du secrétariat s'ouvre lentement, très lentement, son cœur fait un arrêt instantané, ses artères se vident de leur sang et ses cheveux se dressent électrisés.

Il est tétanisé.

Mais, ce qu'Antoine voit, il ne le comprend pas.

Il lui faut répéter, plusieurs fois et tout haut, pour percuter,

- Madame Hazard... Madame... Hazard... Madame...

Elle a la tête de quelqu'un qui a dormi le nez sur un bureau.

- Ben oui elle a été enfermée dans les toilettes, de votre faute tout ça, et malade en plus, ah elle s'en souviendra longtemps de ses courses au supermarché !

La vieille dame tremble, en rajoute, agonit, le culpabilise. Elle y prend un certain plaisir faut dire. Et avec tout ça elle n'a rien bu, rien mangé, de quoi mourir, ses jambes, ses pauvres jambes, ne la portent plus…

Le directeur s'est repris, se confond en excuses, dit qu'il ne comprend pas. En deux enjambées il est près d'elle, lui attrape le bras et la force à aller s'asseoir, c'est mieux, on va appeler le SAMU, c'est plus prudent. Les tempes d'Antoine perlent de sueur.

AH, il ne manquait plus que ça !

8

Elle a récupéré son sac, le serre précieusement contre sa poitrine, jette un œil de temps à autre à l'intérieur et finit par demander si y'a pas un truc qui ferme à clef pour le mettre en lieu sûr, genre coffre-fort. L'infirmière glousse aussi péniblement qu'une dinde qu'on chatouille.

- Pourquoi vous avez apporté vos lingots ? Non, y'a pas ça aux urgences, c'est pas le Club Méd !

Angèle aimerait avoir la jambe suffisamment longue pour lui faire un croche-patte à cette grue. Mis à part ça, ils sont tous très gentils avec elle à l'hôpital. De la tête aux pieds qu'ils l'ont auscultée, palpée, piquée, vampirisée, radiographiée, au point que la nouvelle venue se sent foutrement importante aux yeux de tous. Des blouses roses aux blanches, aux vertes, toutes ont passé leur trogne à la porte du box où elle était en attente, pour mater « la mamie du supermarché ».

- Alors madame, on a voulu jouer à cache-cache ?

Ils ont de la chance, Angèle est de bonne humeur et leur sourit porcelaine. Le va-et-vient est continuel, jusque dans la chambre où on a fini par l'installer. Chacun y va de son petit mot, de sa petite blague, des aides-soignantes aux médecins, pas toujours de bon goût, elle a bien failli en rabrouer un ou deux avant de laisser couler, indifférente à leurs niaiseries. Pas finauds c'est tout. Le midi elle a eu droit à un plateau-repas. Bof, on ne peut pas dire que c'est bon, c'est mangeable, je plains quand même ceux qui doivent avaler ça tous les jours. De toute façon, avec mon appétit d'oiseau, une rondelle de pain suffit. Son préféré, c'est ce jeune médecin, aux yeux bleus. Son regard l'a frappée, il lui rappelle... Bref, il a pris son temps avec elle, l'a interrogée longuement. Il voulait tout savoir de ses traitements, ses antécédents, sa mère, son père. Elle s'est laissé faire, gentiment, souriant porcelaine.

- Et vous ne vous souvenez de rien ?
- Rien docteur, trou noir !
- Et juste avant de vous rendre aux toilettes ?
- Oh si, de l'orage dans le ventre docteur et la marée dans la bouche.
- Une tempête quoi !

Quand il a posé sa belle grande main sur la sienne, elle a savouré ce moment-là, plus que tout.

- Bon on va voir tout ça de plus près, mais je ne suis

pas inquiet.

Elle l'a regardé s'éloigner. Dans sa démarche aussi, y'a quelque chose. Incroyable les ressemblances qui lient certains êtres.

Et là, du miel lui glisse à l'intérieur, parce qu'il est assis nonchalamment sur le lit face à elle, venu lui donner, en personne, les résultats de ses examens. Angèle sent des vapeurs lui monter aux oreilles.

- Tout va bien, annonce-t-il gaiement. Hormis le bel hématome sur votre tempe, vous repartez chez vous en pleine forme, Madame Hazard ! À votre arrivée vous étiez légèrement déshydratée, c'est sans aucun doute un virus coquin de gastro-entérite qui a provoqué votre malaise, mais R.A.S. Vos analyses sont impeccables, vous allez être une centenaire ! Tenez, une ordonnance pour calmer la tempête.
- Ça veut dire que je sors ? demande-t-elle presque déçue.
- Oui, pas de raison de vous garder plus longtemps, mais prenez votre temps, à votre rythme, une ambulance et un chevalier servant vous raccompagneront à votre domicile, vous l'ignorez sans doute, mais vous êtes la star de l'hôpital.
- Ah oui ?

Bon sang celui-là elle pourrait l'écouter toute la journée, il pourrait même lui dérouler des fadaises. Des yeux bleus, mais bleus, des mains... Ah ces mains !

Toc, toc, toc, fait-on à la porte, rompant odieusement leur intimité.

- Entrez, commande pour elle le médecin, la voix limpide. Elle, devenue soudainement carpe muette face à cette intrusion dans sa bulle hors du temps. Une intrusion qu'elle accueille avec un dégoût non dissimulé, quand elle aperçoit la tronche de Jonas dans l'encadrement de la porte. Jonas, en galante compagnie.

9

Antoine en frémit encore. La tuile. Enfermer une cliente. Que va-t-on en penser à la grande direction ? C'est certain, il est cuit. Lui jusqu'à présent bien noté, va voir dégringoler ses appréciations, se retrouver muté au fin fond du trou du cul de l'hexagone sans avoir eu le temps de comprendre, un endroit bien pire que cette province où il se sent malgré tout intégré à présent. Punaise, pas de bol, et tout ça à cause de cette vieille chouette d'Hazard, méchante et aigrie au plus haut degré. Ah il se doit de la caresser dans le sens du poil celle-là, pas d'esclandre, le minimum de vagues, lui dicte sa conscience.

Le directeur a fait préparer un panier avec tout ce qu'il faut pour passer un réveillon aux petits oignons. De quoi lui faire oublier sa mésaventure à la vieille peau. Une demi-bouteille, c'est suffisant, d'un bon champagne, une autre de sauternes, foie gras, fruits exotiques, chocolats, petites douceurs en tous genres, les vieux apprécient les sucreries, quelques bons d'achat et pour finir, un joli bouquet d'anémones rouges et bleues. Il faut être grand seigneur et surtout lui clouer son sale bec. Il est content de lui, le panier a de l'allure. On ne pourra pas lui reprocher l'indifférence de son enseigne. Cependant quand on lui annonce qu'une journaliste du canard local, l'attend en bas. Qu'elle veut l'interviewer sur « le petit souci de la veille ». Il prend peur. Et merde ! Les potins vont bon train dans une petite ville. Certaines nouvelles sont de véritables traînées de poudre. Il ne faudrait pas que celle-ci lui explose à la gueule. Cheveux bruns courts, épaules carrées, ensemble pantalon en tweed coupe impeccable, pull col roulé noir, cachemire probablement, chaussures plates à lacets. En un seul coup d'œil, Antoine a ciblé le personnage. On ne rigole pas avec elle. Pas de bobards, les faits, rien que les faits. Elle a un petit côté flic.

- Claire Lombard, annonce-t-elle en lui serrant énergiquement la main.
- Ravi Claire, vous tombez bien je pars justement pour l'hôpital prendre des nouvelles de notre héroïne, vous m'accompagnez ?

La journaliste lui décoche un sourire malicieux. Autant se la mettre, elle aussi, dans la poche, et voir le revers positif de la médaille, hein ? Celle du gentil directeur, du gentil supermarché qui sait reconnaître ses défaillances, qui y remédie et surtout qui prend soin de ses clients. Finalement en roulant vers l'hôpital, il se dit que c'est à lui de transformer cette bourde en chance. Alors, très professionnel, il explique à Claire la sensibilité extrême des alarmes de la grande surface, qu'une simple affiche décollée d'un mur peut faire vrombir. Il redore le blason de l'agence de surveillance en plébiscitant le sérieux de son travail. Met en avant les employés de son magasin très impliqués dans la bonne marche de l'entreprise et bien sûr, glisse quelques mots, le concernant, lui, le directeur.

- Alors comment expliquez-vous qu'une dame âgée soit restée enfermée dans votre magasin toute une nuit ?
- Un concours malheureux de circonstances particulières, auxquelles je remédierai en personne, soyez-en assurée, lui rétorque-t-il sans ciller, une exceptionnelle étincelle de fermeté dans le regard accompagnée d'un sourire de haute volée commerciale.

À l'hôpital, Antoine continue le show. De madame Hazard à Claire. Le panier en évidence. Cela tombe bien, le médecin est dans la chambre. Des nouvelles rassurantes en live pour la journaliste. La vieille dame peut sortir dès ce soir. Qu'à cela ne tienne, le directeur la raccompagnera lui-même à son domicile, puisqu'ils sont voisins. Quelle coïncidence heureuse, reprend Claire.

- Non, non, ne vous dérangez pas, susurre Angèle, le docteur a prévu une ambulance.

Mouais, c'est aussi bien. Il laisse la journaliste faire son travail. Claire pose ses questions pour sa feuille de chou du lendemain. Angèle le zieute étrangement, la pupille dilatée. Il n'aime pas son œil lubrique. Son coup sur la tête lui a frappé la cafetière à la vioque. D'ailleurs, quand le médecin a quitté la chambre en lui faisant un petit signe de la main - Antoine en mettrait sa main au feu - elle a rougi la vieille bique.

- Mais qu'avez-vous pensé madame Hazard en reprenant conscience ?
- Eh pardi ! Que j'étais morte Mademoiselle, enterrée avec mon chapeau. Ou que c'était la fin du monde !
- Ah oui, le fameux 21 décembre 2012, confirme Claire en souriant. C'est bon, elle tient son papier.
- Mais je dois surtout remercier monsieur Jonas, roucoule Angèle en montrant le panier.

Le regard noisette de Claire vire vers le directeur.

- Regardez les beaux cadeaux qu'il sait faire, un homme généreux, ça oui !

Il rit jaune, c'est quoi ce ton pompeux ? Il frissonne.

Il a beau se forcer, il ne l'encadre vraiment pas.

Quand Antoine passe enfin le seuil de sa maison, il est épuisé. Il revoit les scènes hallucinantes de cette journée à part dans sa vie de manager. Pour le moment tout va bien, se rassure-t-il, aucune remontée de bretelles des instances supérieures, juste un mail, certes bref, du directeur régional le félicitant d'avoir su « si bien gérer cette affaire ». Demain l'article de Claire devrait remettre les pendules à l'heure. Les enfants sont en pyjama, rose à motifs floraux pour Lily, et un Spiderman escaladant son torse sur fond bleu pour Martin. Ils se précipitent vers leur père, à leur suite Mylène qui sourit attendrie.

- Papa, papa, raconte-nous ! Elle a dormi où Madame Hazard ?

Il a envie de leur répondre : dans le ventre de la baleine, comme quoi, on ne doit jamais se moquer !

10

Dimanche 23 décembre

Dans la vie, il y a les meneurs et les menés. Elle l'a compris, dès son plus jeune âge. Sa mère avait beau dire qu'on ne ferait rien d'elle, qu'elle était la graine d'un traîne-savate, qu'elle n'avait que du salpêtre dans le crâne, au contraire, Sultane savait qu'on lui avait très bien placé les choses. Et très vite elle a appris à en tirer parti. À l'école maternelle, déjà, elle avait l'art de laisser la porte des toilettes ouvertes pour montrer aux garçons comment est faite la zézette d'une fille. Ils étaient titillés de curiosité, faisaient la queue. Ce n'était jamais gratuit, il fallait payer pour ça. Des bonbons de toutes saveurs, des barrettes et des chouchous de toutes formes, des bracelets et des colliers en perles de toutes couleurs. Certains, plus audacieux, voulaient toucher. Elles leur faisaient comprendre que c'était plus cher. Jusqu'au jour où, en classe de 6e, l'un de ses admirateurs exhiba des pendants d'oreilles en or, une pierre rouge en leur centre. Un véritable trésor, chapardé dans le coffret à bijoux de sa mère, qui valut à l'auteur du délit, le Graal, la fleur de Sultane, dans les vestiaires de la salle des sports, ainsi qu'une semaine de mise à pied, et un avertissement pour les deux élèves, une fois le pot aux roses découvert. Loin de dompter la toute jeune fille encore coiffée de couettes, l'épisode fut pour elle une révélation, une soif. Elle mènera les hommes par le bout du nez et l'appendice phallique de leur entrejambe.

Depuis, Sultane accumule les souvenirs de cet acabit, elle en a même le coffre-fort qui déborde.

- Hum, la nature m'a vraiment gâtée, constate-t-elle admirative et nue face au miroir de sa salle de bains, les mains campées sur l'arrondi de ses hanches fines.

C'est vrai, Sultane est belle. Le corps harmonieux et souple, la chevelure noire et soyeuse, la pupille claire et le regard vif qui parle pour elle, la peau douce et laiteuse, la fesse rebondie juste ce qu'il faut, le sein pommelé, le mollet galbé et la cheville fine à damner un saint, saillante tel un téton amoureux. Des chevilles qu'elle prend plaisir à afficher, montées sur des talons hauts et aiguilles. Elle en prend soin de son « capital beauté » comme ils disent dans les publicités. Pour sûr, ils ne pensent pas si bien dire. C'est qu'elle le fait fructifier, il lui rapporte un max ce petit cul-là, flatte-t-elle en lui tapotant une joue. Comment va-t-elle s'habiller aujourd'hui ? Bosser un dimanche ce n'est pas réjouissant, autant y allier du plaisir. Elle opte pour une jupe en cuir noir et un pull moulant, fuchsia, col en V, décolleté plongeant. Il en piquera un fard son patron tout à l'heure. Elle aime voir rougir les hommes. C'est pas mal attendrissant un homme qui rougit. Cela lui fera du bien, à Antoine, de penser à autre chose qu'à l'épisode d'hier. Il a été livide toute la journée. L'histoire de la vieille enfermée l'a bien chamboulé, il faut lui changer les idées.

La belle sourit, ce soir elle enfilera une de ses robes en soie, façon geisha. Il aime bien la soie Pierre... Euh... Si c'est bien Pierre qu'elle voit, parce que si c'est William il est plutôt total look noir. Pierre, William, un affreux doute l'étreint, la mémoire qui se mélange les pinceaux. Il lui arrive de confondre les prénoms, et donc les jours de rendez-vous. Bah, c'est qu'au fond ils se ressemblent tous, ces mâles en mal de sexe, soupire la Messaline. C'est aussi pour cela qu'elle les distingue les uns des autres, dans son carnet. Son petit carnet rouge. Chacun son profil, chacun son moment, au moins elle s'y retrouve, c'est qu'elle doit être organisée, elle doit planifier. D'ailleurs où est-il ? Elle retourne son sac à main sur le lit, pas l'ombre d'une couverture rouge. C'est embêtant. Elle aime savoir « qui et quand », elle note tout : prénom, âge, date, cadeau, endroit, parfois prestation. Son pense-bête en somme. Mais elle a beau chercher, tout étaler en vrac sur la moquette, secouer sacs, besaces, pochettes, fouiller vestes, blousons et manteaux, le fameux carnet reste introuvable. À plat ventre, elle vérifie sous le lit, les chevets, le canapé, rien. Les placards et même les tiroirs de la cuisine passent au peigne fin : rien. Ça commence à l'agacer cette histoire. Il est forcément quelque part, elle n'a pas pu le perdre, il fait comme qui dirait partie d'elle-même. Quelle perte de temps ! Et Sultane déteste perdre son temps. Le temps, c'est de l'argent. Elle va le retrouver, c'est sûr. Elle ne peut que le retrouver. Elle se fait confiance, jamais elle ne l'a égaré.

Quand, en retard, elle monte l'escalier métallique qui mène à son bureau, perchée sur de très hauts talons aiguilles et vernis, ce qui tient de l'exploit d'équilibriste, Sultane a déjà allumé une multitude de regards, fait se dresser sur leurs pattes arrière un bon nombre d'hormones masculines. Elle croise les yeux d'Antoine, ils s'embrasent sur-le-champ.

Elle mouille et elle aime ça.

11

Il y a bien longtemps qu'Angèle ne s'était pas réveillée d'aussi bonne humeur. Pour tout dire, aujourd'hui, elle se sent toute puissante, non mieux, investie, non encore mieux, choisie. Oui c'est ça choisie ma vieille Hazard, se gausse-t-elle en enfilant ses bas de contention, on t'a même offert l'arme suprême. Offert, façon de parler. Tu l'as glissée dans la poche de ton manteau, puis dans ton sac. Mais cela n'enlève rien à l'histoire. Et, c'est bel et bien en reine qu'elle se voit dans la glace au-dessus du lavabo, une reine aussi bien que l'autre là-bas, de l'autre côté de la Manche, l'Élisabeth. L'impression étrange qu'on lui a déroulé le tapis rouge. Si ça se trouve, un carrosse attelé l'attend devant la maison ? Non c'est trop, concède-t-elle au miroir, calme-toi « Angèle-Hazard-la-bien-nommée », tu as à faire ce matin. Le pas léonin, elle file se planquer derrière le rideau du palier de l'étage. Voir sans être vu, le privilège des rois. Elle voit les deux loupiots attablés à laper leur bolée de chocolat chaud, la queue de cheval de Mylène qui virevolte dans la cuisine. À l'américaine qu'ils l'appellent, ah ! Tu vas en avoir des U.S.A. ma bonne petite, de la bombe garantie, de l'explosive, de l'Angèle, la meilleure. Elle le sait, elle dispose d'une petite heure avant de tout larguer parce que nous sommes dimanche, que les enfants sont en vacances, que la mijaurée prend son temps, farniente. Une chance se dit Angèle, un jour de semaine elle aurait couru vers je ne sais quoi ou je ne sais qui. Profite ma cocotte dans un peu moins de soixante minutes, BAM ! Ou plutôt DRING ! Je sonnerai à ta porte, je sonnerai comme on sonne le glas, mais je suis bonne et royale, je te laisse une marge, celle de l'insouciance, celle de savourer ton petit café en état d'apesanteur. Le dernier avant la chute.

Pour l'heure, l'ogive nucléaire tire un trait noir sur ses sourcils, farde de blanc sa figure et dessine de rouge sa bouche trop large, sourit, machiavélique, prête à déchaîner les éléments de la fin du monde, de leur monde.

Pourtant, elle a tout faux, sa rousse voisine s'apprête à sortir. Les enfants piaillent déjà d'impatience, dans les starting-blocks et sont gonflés à bloc, en partance pour une journée récréative.

La jeune maman a le visage chiffonné, celui des sommeils courts, elle lape son thé l'esprit absorbé, indifférente aux chamailleries de ses petits.

Elle les laisse régler leurs histoires d'enfants. Elle pense à son homme. Les évènements de la veille l'ont bien entamé, il s'est tourné et retourné dans leur lit, tourmenté, jusqu'à se lever en pleine nuit pour ouvrir l'ordinateur et taper nerveusement sur les touches. Il cherchait sans aucun doute à y lire l'article de la journaliste. Elle l'a entendu, elle entend tout dans ces cas-là, le moindre de ses soupirs, le moindre bruissement de tissu, même quand il glisse une main en peigne dans ses cheveux elle le perçoit sans le voir. Il n'a pas retrouvé le sommeil, elle non plus du coup, mais n'a rien montré, elle a gardé les yeux fermés, sans bouger, la respiration en basse consommation, mieux valait ne pas en rajouter. De toute façon, elle en est certaine tout va rentrer dans l'ordre, l'épisode de la cliente enfermée n'apportera rien de mauvais. Enfin elle veut y croire, s'en persuade. Et puis elle, Mylène, s'inquiète pour leur voisine rentrée hier de l'hôpital et seule à son domicile. Aussi, en étalant le miel sur les tartines du petit déjeuner, elle se dit qu'elle passera prendre de ses nouvelles. Quelque chose la perturbe, là, tout au fond, elle ne sait pas quoi. Elle a dû mal à formuler ce qu'elle ressent, mais elle sent. Cette nuit, elle aurait souhaité avoir la force de rassurer son mari, l'aider à évacuer l'inquiétude qui le torturait, elle est restée prostrée, lâchement. Elle a déjà tant de mal avec ce qui trotte dans sa propre tête. Elle fait un fromage de tout quand elle se laisse déborder d'angoisses, elles sont comme le lait bouilli qui se sauve de la casserole, se répand tout autour, s'accroche, poisse et recuit. Alors, reléguer sa véritable nature au fin fond du fond de soi-même, ne plus la laisser remonter à la surface, oui elle veut bien, mais comment ? C'est comme cette histoire de fin du monde qui a distillé en elle une peur somme toute disproportionnée ; après coup, elle s'en rend bien compte, se trouve même légèrement ridicule. Le docteur Alban le lui a bien répété : « vous êtes seule fondatrice de votre bien-être ! » Peut-être devrait-elle le consulter ? Faire avec lui un bilan, ses névroses ont sans doute évolué, quelque chose de plus profond insidieusement installé, comme cette mélancolie qui lui serre à tout bout de champ la poitrine. Pourtant elle a bien conscience d'une chose, sa mère la lui serine suffisamment : « tu as tout pour être heureuse ma fille, avec ton père on n'a pas tout eu comme vous en claquant des doigts, on a bossé dur pour notre confort. »

Oui, elle le sait bien, elle a tout pour être heureuse, tout.

- Maman, piaffe Lily impatiente, on est prêts !

C'est vrai, manteau sur le dos, tour de cou sur le nez et baskets aux pieds, ils sont à croquer et prêts à partir ! Mylène rit, les embrasse à les étouffer.

Oui, elle a tout pour être heureuse !

12

Parce qu'il y a urgence, Sultane est entrée sans frapper. On a fouillé, on a volé. Il vaut mieux le prévenir, un homme averti…

Elle est entrée, le talon ferme, les tétons en boutonnières imprimés dans le cachemire de son pull. Ordinairement elle frappe avant de franchir le seuil du bureau d'Antoine, parce que « nous devons respecter certains codes de bonne conduite et de bienséance si nous voulons que nos petits rendez-vous perdurent », c'est ce qu'il lui a expressément ordonné. Et donc, ils se donnent du « vous », et ils ne montrent aucune familiarité, aucune proximité, et donc elle toque toujours, mais là tant pis. Et zut ! Il n'est pas seul. Trop tard pour faire demi-tour. Debout, à ses côtés, cette morue fadasse de Jeanine, le cheveu filasse et jaunâtre, le teint terne, l'œil bleu insipide, les hanches trop larges, les épaules trop étroites et les fesses bien trop plates. On peut dire sans médire qu'il s'agit d'une femme sans éclat qui avance sans élégance, la ménopause bien tassée, vers la retraite. Comptable de son état, Jeanine se donne des airs pompeux, comme si son rôle à jouer était de la plus haute importance, tenue par le secret des dieux, toujours mise au courant d'un truc que vous ignorez, et elle aime en abuser. Sultane, ça l'exaspère.

Et là, en cet instant près du boss, un classeur dans les bras comme si elle tenait le Saint-Sacrement, elle signifie à Sultane, un doigt d'institutrice sur la bouche et un regard façon « gros yeux », qu'elle doit impérativement se taire. Les gros yeux à elle, Sultane, un doigt sur la bouche comme à une gosse, non, mais on marche sur la tête ! Piquée, la secrétaire en rajoute, se campe face au bureau la fesse rebondie et le menton hautain, esquisse un geste à l'intention d'Antoine faisant comprendre « faut que je te parle et vite ». Mais il la voit à peine, absorbé par une conversation téléphonique toute en ronds de jambe et sourires forcés. Des tempes du directeur coule de l'eau, il est si tassé dans son fauteuil qu'on pourrait le prendre pour l'un des petits vieux de la maison de retraite en train de laper sa soupe.

- Mais bien entendu. Oui, oui, Monsieur le Président. Évidemment. Je vous en Remercie. Je serai à la hauteur, comptez sur moi. Je... Oui. Je m'y attelle...

Son teint a viré subitement au vert, il hoche la tête de haut en bas et bas en haut. Sultane lui trouve une ressemblance avec le baudet de l'oncle Émile scotché sur la plage arrière de sa voiture.

- Le samedi 5 janvier, veille de l'Épiphanie... Ce

sera un honneur. Une nouvelle fois comptez sur moi. Euh... Je n'y manquerai pas, bonne journée Monsieur le Président, belles fêtes à vous également, Monsieur le Président, et à votre famille !

Il a raccroché et sa tête dodeline encore.

- Il vient le 5 janvier, le 5 janvier, le 5 janvier ! répète-t-il décomposé, en écho pour lui-même, se tournant vers Jeanine.

- Antoine, il faut que je vous parle, coupe la secrétaire.

- Pas le temps, dégagez ! Hurle-t-il, joignant à la parole, une main qui bat l'air et l'envoie paître ailleurs, rabrouant sans ménagement, ou même le plus petit regard pour celle qu'en d'autres circonstances, il appelle « ma Tanou chérie ».

L'offense est trop vive, elle claque la porte aussi violemment que le ferait une princesse de sang insultée, une souveraine face à un crime de lèse-majesté que seule une médiation d'ambassadeur pourrait réparer. Et encore, il faudrait un sacré ambassadeur.

Fichue à la porte comme une moins que rien, rage Sultane, sidérée par le mépris de son amant. Il a dit « dégagez », la première fois qu'il me parle de cette manière, mais aussi la dernière, il se prend pour qui ce péquenaud ? Ce n'est pas comme s' il ne lui avait jamais bouffé la chatte. Ils se connaissent trop pour qu'elle accepte de se faire traiter comme n'importe quelle employée.

Bravo mon coco, la sentence est tombée, tu n'auras plus rien de moi, rien, conclut la belle ulcérée. De toute façon si ce que je pressens s'avère exact, tu vas avoir chaud aux fesses et ce sera bien fait.

13

Antoine dénoue sa cravate, la fourre nerveusement dans un tiroir, la pupille dilatée de malaise et il ânonne, encore choqué :

- Le 5 janvier, jour de la Saint-Édouard et veille de l'Épiphanie qu'il a dit. Ah, Jeanine, j'ai la tête sur le billot cette fois ! Je ne m'en suis pas trop mal sorti, hein, quand même, enfin quoi j'étais à l'aise non ? demande-t-il cherchant un soutien dans la placidité de tortue de sa collaboratrice.
- Oui exactement, pas un mot de trop, parfait, vous étiez sûr de vous.
- Ah...
- Oui, ça se sent ces choses-là, rassurez-vous.

Pour un peu elle lui tapoterait le crâne et dirait « gentil le chienchien, c'est bien ».

- Ben j'espère qu'il l'a senti aussi, c'est le grand-grand-patron quand même, fait Antoine en plaçant une main en curseur bien au-dessus de sa tête. En tout cas branle-bas de combat Jeanine, vous me convoquez tous les chefs de rayons pour cet après-midi, réunion au sommet, on prépare la venue du boss le 5 janvier, autant dire demain. Pour résumer, il passera la majeure partie de la journée au magasin et y a fort à parier qu'il aura avec lui une ribambelle de sous-fifres. À nous de prévoir une OP qu'il a dit. Ça va être chaud, Bon Dieu ça va être chaud !

Une mission de la plus haute importance, et illico Jeanine quitte le bureau en éminence grise, le pas glissé, comme montée sur aéroglisseur, l'hovercraft au départ de Calais à ses heures les plus belles. Mais à peine a-t-elle refermé la porte qu'Antoine est assailli par un conglomérat de stress et de hargne, il laisse échapper un grognement de chien battu. Putain de putain ! La haine montée en flèche, une accélération digne des ascenseurs des plus hauts gratte-ciels, parce que sans cette sorcière d'Hazard, il aurait passé des fêtes de fin d'année à la cool - enfin à la cool façon de parler, comme d'habitude quoi, à gérer tout son petit monde, à tout mettre en place, à tout vérifier, à courir dans les rayons, à engueuler ou à encourager, à féliciter parfois, sans compter ses heures, à travailler sans relâche pour terminer le 31 au soir, exténué, mais heureux d'avoir une nouvelle fois relevé le défi, celui des fêtes, celui où l'on pense ne pas atteindre le chiffre, celui que finalement chaque année l'on dépasse et qui le fait rentrer à la maison fatigué mais serein, prêt à serrer sa petite femme dans ses bras, à embrasser ses enfants entre sapin enguirlandé et les odeurs de cuisine sucrées-salées, dans un bonheur sans nuages.

D'ailleurs en parlant de nuages, se dit-il, le parfum de Sultane flotte encore dans la pièce, quel mal lui pris à cette gourdasse d'entrer comme si elle était chez elle. C'est la première fois, mais c'est la fois de trop. Et d'ailleurs, ce parfum l'écœure, comme la nausée, comme plus envie, comme dégouté, comme fini. En fait, c'est le parfum de Mylène qui pétille dans sa tête, la douceur de Mylène, les yeux de Mylène qui lui disent qu'il est le plus grand, le plus beau, le plus fort. Oui, ils disent ça les yeux de Mylène, en cette minute ils lui manquent, parce que si elle était là à le regarder, il serait confiant, sûr de lui, vraiment sûr qu'on ne lui coupera pas la tête. Bon, fort heureusement, y'a eu ce papier, elle n'écrit pas trop mal cette Claire. Cette nuit il a lu quelques-uns de ses articles sur le net, pour voir à qui il a à faire. Elle y met les bonnes formes en général. Là, elle a tout tourné sur « l'humour certain de la vieille dame » et « l'empressement du directeur ». Antoine ouvre à nouveau le journal, relit une nouvelle fois l'article titré :

« UNE FIN DU MONDE EN CONTE DE NOËL »

(...) Une nuit inoubliable de fin du monde pour cette septuagénaire enfermée dans le supermarché de bla, bla, bla. C'est l'œil en frise coquine qu'Angèle nous a reçus à l'hôpital, bla bla bla. Elle est sans rancune contre l'enseigne qui a multiplié les attentions. Il n'y avait qu'à constater l'empressement, quasi filial, dont le directeur Antoine Jonas a entouré Madame Hazard, blablabla. En excellent professionnel, il a eu à cœur de nous démontrer comment l'enseigne à su réagir face à ce souci. Désormais, les toilettes seront visitées avant chaque fermeture. L'aventure de la vieille dame a marqué les esprits au sein de cette petite communauté dont la cohésion est le fer de lance, rappelle Antoine Jonas. C'est d'ailleurs avec beaucoup de soin et d'empathie pour notre aventurière d'une nuit que tous ses collaborateurs ont préparé un panier garni, cadeau de Noël avant l'heure, blablabla. C'est promis, Angèle Hazard retournera dès demain faire ses courses au supermarché, gageons qu'elle y sera bien reçue !

Non, non, c'est bon, j'ai bien joué ! « Empressement quasi filial », bien, bien, bien ! Lui-même n'aurait pas mieux dit. Le grand boss l'a compris, c'est une excellente publicité finalement, faut tirer la couverture au maximum, battre le fer tant qu'il est chaud.

Mylène a dû lire l'article, elle aussi. Elle va être fière de lui, c'est sûr.

14

Angèle a calé les aiguilles de sa petite montre plaquée or sur l'horloge d'Europe 1. Huit heures et quarante-cinq minutes a dit la voix de l'animatrice, sa carcasse a frissonné de plaisir.

Elle a remonté lentement le mécanisme, ajusté le fin bracelet en cuir noir sur l'albâtre de son poignet. C'est qu'il faut être précis dans ce genre de moment, on n'est pas là pour enfiler des perles. On joue stratège. Tout doit être minutieusement préparé. Elle est prête, habillée, chaussée ferme, a attaché le dernier bouton du gilet en laine qu'elle a choisi dans son armoire, de couleur violine, il convient parfaitement pour l'évènement. Elle lève le menton, jauge son allure dans le miroir de l'entrée, aux petits oignons ! Il faut dire que depuis sa découverte dans le tiroir de l'autre, la Sultane, Angèle a développé un réel sentiment de toute puissance, comme détentrice du code qui donne droit à l'explosion finale, comme si elle avait pouvoir de vie ou de mort sur l'espèce humaine, comme si le Kremlin et La Maison-Blanche n'attendaient que son feu vert pour déclencher la troisième guerre mondiale, comme si elle était en descendance directe avec les grands noms de l'histoire, une Médicis, une Bonaparte, une Charlotte Corday…

Elle n'a pas le temps de remonter plus loin le cours de la grande histoire, la sonnette retentit, horripilant tous ses sens, stoppant son avancée millimétrée et militarisée.

15

Mylène a hésité, c'est qu'elle n'est pas toujours commode Madame Hazard, « l'œil en frise coquine » dit l'article, tiens donc ? Un côté de son caractère que la vieille dame n'a jamais montré. Elle veut voir ça de plus près. Après tout, elle s'y est sans doute mal prise avec elle. Cette aventure est l'occasion de faire vraiment connaissance, de nouer une véritable relation, qui sait ?

En fait, Mylène veut avant tout être certaine qu'Angèle va bien. Elle est si seule, cela doit être pesant à la longue cette solitude. Des croissants au beurre, brioches au chocolat, de quoi lui remonter le moral. Et pour le jour de Noël, lui proposer de déjeuner avec eux, pourquoi n'accepterait-elle pas ? Antoine fera certainement grise mine, mais leurs parents respectifs ne sont jamais là pour les fêtes de fin d'année, les uns sous le soleil de la Thaïlande, les autres parce qu'ils attendent, comme à l'accoutumée, que leur fiston chéri ait passé le cap de « son-trente-et-un ». Commerçants à la retraite, ils savent « mieux que n'importe qui », l'importance de cette période. Mais oui, constate amèrement Mylène. En attendant, leurs petits-enfants reçoivent leurs cadeaux de Noël en janvier. Les mines réjouies de ses petits chéris tout à l'heure la consolent, ils passent ce premier dimanche de vacances chez Lou et Théo, des jumeaux de leur école qui fêtent leur anniversaire. Il n'a pas été compliqué de les lever pour ces festivités annoncées de longue date, pour un peu, Martin était prêt avant sa mère, un exploit. Une journée que Cateline, la maman des jumeaux, a voulue mémorable, elle a vu les choses en grand, petit déjeuner de stars avec magicien, atelier cuisine et déjeuner dégustation, bar à friandises, château gonflable et autres fantaisies. Mylène sent qu'en fin de cette journée impériale, ils réclameront le même investissement pour leurs fêtes d'anniversaires. Ce dont elle est certaine par avance c'est que Cateline et les petites mains venues en aide pour satisfaire la quinzaine de tyrans affamés, assoiffés et survoltés, seront rincées de fatigue.

Au dernier feu la jeune maman tourne à droite, prend la petite rue plantée d'acacias. Le jour se lève dans une caresse de ruban déroulée. Une lumière veloutée masque encore le ciel. Les réverbères diffusent des halos orangés en harmonie avec les guirlandes bleutées accrochées aux branches dénudées. Elles s'illuminent puis s'éteignent puis s'illuminent à nouveau. On dirait des larmes qui perlent des branchages. Ce matin ça a amusé Martin, il clignait des yeux à l'envi, faisant rire sa maman et exaspérait sa grande sœur. Mylène en sourit encore sur le chemin du retour, tout en jetant un regard attendri au journal grand ouvert sur le siège passager. Tout ce qui y est écrit la comble, on y parle si bien d'Antoine, il le mérite, il met tant de cœur à l'ouvrage, il veut réussir, bien faire, pas que pour lui, pour elle et pour les enfants. Et aussi bien chez Cateline tout à l'heure, qu'à la boulangerie du quartier ensuite, chacun y est allé de son petit mot gentil, « bravo à notre sauveur de vieille dame ». C'est gagné, ce soir il va rentrer heureux, c'est sûr. Ce soir, elle mettra sa petite robe bleue, celle qu'il aime tant. Ce soir, elle couchera les enfants plus tôt, ils seront fatigués, tant mieux. Ce soir sera pour eux deux, rien que pour eux deux. Ce soir, elle va l'aimer tellement fort qu'elle sent déjà la volupté frémir d'impatience sous son pull.

En état d'apesanteur, Mylène se gare devant le portail de la vieille dame, fait virevolter sa queue de cheval et en deux pas sveltes, monte les marches en pierre du perron. J'espère ne pas la réveiller, pense-t-elle avant de sonner. La réponse lui parvient sans ambages, sonne clair et haut, refroidirait un mort.

- Allez-vous-en, qui que vous soyez !

Mylène n'est pas choquée, du Angèle Hazard au meilleur de sa forme, se réjouit-elle, tant mieux. Mais pas question de se laisser débouter aussi facilement. Et, loin de se sentir vexée par l'accueil, elle lance guillerette :

- Madame Hazard, c'est Mylène Jonas, tout va bien, je passais prendre de vos nouvelles. Un petit-déjeuner entre voisines, cela vous dit ?

Le sésame a pour effet immédiat de faire s'ouvrir la porte sur une Angèle statufiée, éclairée par la lumière blafarde d'un plafonnier hors d'âge, le teint crayeux, au point que la jolie houppette de cheveux roux sursaute, esquisse un mouvement de recul de pouliche effrayée face à cette vision d'outre-tombe. Euh... « L'œil en frise coquine », ben ce n'est pas tout à fait l'image qui vient sur l'instant, grimace Mylène pour elle-même.

16

L'effet de surprise est venu la cueillir à froid, au point que les bras lui en sont tombés, qu'un frisson désagréable lui a parcouru l'échine. Purée de pois, cette bêtasse qui vient déranger le bon déroulement de son plan. Pas grave, je m'adapte, se dit Angèle ; comme les grands stratèges je m'adapte. Chez moi ou chez toi, ça change à peine le scénario, et improviser je sais faire et plutôt bien, surtout quand il s'agit de jouer le drame de la grande comédie humaine. Vas-y et donne le meilleur de toi-même. La Machiavel du jour se régale déjà cyniquement et pour peu, elle entend taper les trois coups.

- Entrez, entrez, lance la comédienne surjouant d'un chouia la bienveillance, j'allais justement chez vous, pour vous parler !

- C'est une bonne surprise commune alors, comment allez-vous ? Des viennoiseries, ça vous tente ? fait Mylène en agitant le paquet sous le regard de sa voisine. Voulez-vous que nous allions prendre le thé à la maison, ou bien le café si vous préférez ? Ça vous changera les idées après cette mésaventure. Une mésaventure qui fait de vous une véritable célébrité dans tout le département. Tenez, j'ai aussi acheté le journal. On ne dit que du bien de vous, et aussi un peu de mon mari.

Tais-toi la greluche, tu me donnes le tournis, t'as pas fini avec tes piapiapia ! C'est moi qui mène la danse ! Vocifère Angèle, intérieurement.

- J'ai très mal dormi, zozote la vieille dame plus plissée qu'à l'ordinaire, plus petite qu'à l'ordinaire, et même soudainement, moins piquante qu'à l'ordinaire.
- Oh ça, j'en étais sûre ils auraient dû vous garder un jour de plus à l'hôpital, je l'ai dit à Antoine hier soir. J'imagine aisément quel choc cela a été pour vous de vous retrouver enfermée dans le magasin, même si apparemment vous l'avez pris avec beaucoup d'humour. Il faut que vous lisiez cet article dans le journal, vous en êtes la vedette.
- Oh bien malgré moi ma petite-fille, vous savez… l'humour est parfois la seule défense qui vous vient face à une épreuve ou une découverte qui vous

révulse. On sera aussi bien ici, Mylène.

One point !

Je suis arrivée à la faire taire. Et du « ma petite-fille », et du « Mylène » dans la même phrase - elle en a la mâchoire qui lui tombe sur les seins - se félicite Angèle. Attends la suite, tu ne vas pas être déçue ma mignonne.

- J'ai du café chaud à la cuisine, c'est ce qu'il nous faut.

Angèle, en état de grâce, savoure, joue à merveille la vieille dame qui s'embrouille, tournicote, cherche les petites cuillères au mauvais endroit, pose, sur la toile cirée de la table en formica, le sel au lieu du sucre.

- Madame Hazard ?
- Angèle, ma petite, appelez-moi Angèle.
- Angèle, c'est la salière !
- Oh malheur, je sais plus ce que je fais, je suis trop contrariée.
- Contrariée ?
- Oui ma petite, tris-te-ment contrariée.

Two points !

Angèle pose une fesse maigrelette sur l'une des quatre chaises rangées soigneusement autour de la table, elles aussi en Formica, pour faire face à Mylène. La jeune femme ouvre les sachets de viennoiseries le sourire maladroit, essayant de cacher le malaise qui l'étreint, épiant l'héroïne de l'article. Le temps entre les deux voisines s'étire bizarrement. Elle a pris dix ans, s'étonne Mylène. À cet âge, le moindre choc ne pardonne pas. Elle ne s'attendait pas à la trouver dans cet état.

- Il y a un problème madame, euh, Angèle ? Je peux vous aider, appelons un médecin, le mien est très bien, il consulte le matin.

Angèle l'ignore comme absorbée, contrariée, sert le café, une tasse puis l'autre, soupire.

- Franchement Angèle, je pense qu'il serait raisonnable de consulter, vous n'êtes pas en forme, je le vois bien.

  Lâche-moi morue, c'est moi qui te tiens, t'es bientôt faite, je savoure, mieux, je kiffe comme disent les jeunes, ouais !

- Non, non, merci ma petite, je vais bien, je suis juste très contrariée.
- Dites-moi ? J'aimerais vous aider, à tout problème, une solution !
- Ah, j'en n'ai pas dormi de la nuit, j'ai tourné, tourné dans mon lit, j'ai tourné, tourné dans ma tête !

  Déclare Angèle, stratège, le doigt en tourniquet.

- C'est si grave que ça ?
- Oui, pour moi oui.
- Bon.
- J'veux dire, pour moi aussi.
- Ah, ça concerne quelqu'un d'autre également ?

- Surtout ce quelqu'un, jette Angèle, la bouche en cul de poule, sur un ton mystérieux, comme détentrice d'un lourd secret. Ses yeux roulent de gauche à droite, son visage se tord de mimiques pincées.

Allez, *Three* points !

Ah je ferre, je ferre ! Et je ramène tout doucement le poisson. Oh ! Oh ! Oh ! Joli poisson, attends, attends, attends ! Je me régale. Je ne pensais pas que ce serait aussi bon, exulte intérieurement Angèle.

Mylène le dos calé à sa chaise, fixe attentivement Angèle. Elle se dit que leur voisine a pris cher durant cette nuit. Elle en parlera dès ce soir à Antoine, il risque d'en être fortement agacé. Mais bon, une réaction en chaîne après un choc psychologique ce n'est pas rare, ni anodin.

- Et ce quelqu'un existe réellement, pour de vrai ? Demande Mylène inquiète, tout en pensant qu'elle commet sans doute un impair qui va vexer sa voisine. Je veux dire nous le connaissons dans la vraie vie ?
- Oui, c'est bien pour ça ! Lance Angèle au bord des larmes, tout au bord.

Le café refroidit dans les tasses. Et la vedette du jour réalise que cette gourdasse risque bien de tourner autour du pot encore longtemps, trop à son goût. Elle doit imaginer que sa vieille voisine a pris un coup sur la timbale. On n'est pas en entretien psy, il ne faut pas pousser mémé dans les orties. Elle va piquer et vite.

Allez, l'estocade !

- Ma petite, c'est de vous qu'il s'agit ! J'sais pas si c'est vous rendre service que de vouloir vous protéger. C'est ce à quoi j'ai réfléchi toute cette nuitée.
- Moi, me protéger, mais enfin je n'y comprends rien !
- Oh si, vous allez tout comprendre, lui répond Angèle en sortant lentement de la poche de son gilet un carnet rouge.

Elle le glisse sur la toile cirée du bout des doigts et pose à ses côtés son AS de Pique, un petit mot sur un carton blanc, et ajoute, désolée, comme elle dirait « condoléances ».

17

Mylène a mis un temps avant de réaliser ce qu'elle lisait, puis ses yeux sont tombés sur son nom, son nom à lui, celui de son mari. Les rendez-vous, chaque mois, et les détails qui tuent. Ses tenues à elle et les appréciations qui achèvent. D'abord elle été prise de nausée, puis a suffoqué et manqué d'air, ressenti une grande aspiration, comme un sachet qu'on met sous vide. À l'intérieur tout s'est effondré, un pays subissant un tremblement de terre. Son nom à lui, dans ce carnet immonde, ces détails à vous écœurer. Les autres noms elle s'en fiche, ils peuvent s'envoyer en l'air, mais pas lui… Pas lui...

Et ce petit mot, sans équivoque, qui vient fracasser tout le reste.

Elle ne sait plus comment elle est rentrée, ses jambes ne la portent plus. Elle a vomi. Une bile jaune, un long filet. Les tripes retournées en hurlant. Son cœur tape si fort, elle a cru qu'il allait se rompre, il lui fait un mal de hyène, arraché à vif par des crocs féroces puis dévoré lentement, sadiquement. Là, elle pense qu'il ne bat plus. Elle pleure, doucement. Des larmes d'un chagrin immense qu'elle n'aurait jamais cru possible. Elle pleure, sur cet incommensurable gâchis, sur tout ce qui faisait sa fierté, sur tout ce qui était sa raison de vivre. Elle pleure, sur cet amour qu'elle plaçait au-dessus de tout et qui n'est rien d'autre en fait, qu'un mirage en plein désert. Elle pleure, parce qu'elle en a besoin. Elle pleure écroulée par terre, sur le carrelage froid de la salle de bains, les bras en cadenas autour de son ventre, au pied du meuble à deux vasques. Une biche qui a reçu une décharge de chevrotine en pleine poitrine, venue là pour mourir.

Pourtant, elle hoquette moins et reprend ses esprits, finit par remonter du gouffre où elle a été jetée. Elle n'a plus aucune notion du temps, depuis quand est-elle là, recroquevillée, enchainée à elle-même ? La terre s'est comme arrêtée de tourner, la fin du monde, de son monde.

- Lily, Martin, dit-elle à mi-voix, réveillée de son cauchemar.

Et, les eaux sans fin qui inondaient son visage se tarissent brutalement, asséchées par le souffle d'un vent puissant, pulsées par quelque chose de plus grand que son humiliation. Elle s'accroche au meuble, tire sur ses bras pour se lever. Dans le miroir son visage n'est plus que deux yeux rougis, épuisés, vidés. Elle ne ressemble plus à rien et c'est sa faute, à lui. Il a tout brisé. Son regard tombe sur la brosse à dents d'Antoine, une bleue, les poils tournés vers la sienne, rose, toutes deux dans le même verre. Comment ose-t-il encore, comment ? Elle l'envoie valdinguer à travers la pièce, elle claque contre la paroi de la douche, rebondit, termine dans la baignoire. Mylène sent alors ourdir en elle une tempête, un vent tourbillonnant qui la soulève et la porte, lui insuffle une force nouvelle, incommensurable. L'œil d'un cyclone ! Il est à peine midi. Elle ne va pas en rester là.

18

À la voir si rapidement courir dans les allées, l'homme en charge de l'entretien du cimetière s'arrête de travailler, lance goguenard, le rire gras, appuyé sur le manche de son râteau :

- Ben alors M'dame Hazard, une envie pressante ? Hé, si besoin, y'a des W.-C. en face !

« Ratisse, payé à rien foutre ! » maugrée pour elle seule Angèle, tu parles d'un boulot, ratisser les allées, un boulot de feignant, oui ! En d'autres circonstances, elle lui aurait répondu du tac au tac, « feignasse occupe-toi de ton cul », un gros cul d'éléphant par-dessus le marché, mais elle se contente de lever la main, de battre l'air, cause toujours du con. Clouer le bec de cet imbécile d'employé municipal qui moque son aventure est sans sel. Elle court vers son Gérald, elle a tant à lui raconter et de la plus haute importance, il ne va pas en revenir ; enfin, façon de parler.

Le souffle court elle s'affale sur la tombe sans même prendre le temps d'y placer son vieux foulard.

- Gérald j'ai un scoop, un vrai, je suis la seule à savoir ! En même temps c'est un peu à cause de moi, non pas tout à fait, c'est leur faute à eux, j'ai juste remis les pièces du puzzle à l'endroit. Attends, je t'explique. Le mari de la greluche d'à côté, le directeur du supermarché, hé ben il s'envoie la petite Sultane, sa secrétaire, aussi vrai que je te le dis, ah elle n'est pas farouche celle-là, une vraie dévergondée, elle se fait sauter par tout le département, sauf toi, je n'ai pas vu de Gérald dans le petit carnet.

Elle envoie une tape à la pierre tombale comme elle lui taperait sur l'épaule, et rit à gorge déployée.

- Je plaisante, ne te vexe pas, mais y'en a une sacrée liste, des jeunes, des vieux et des riches surtout des riches, parce que les cadeaux mazette, c'est pas de la gnognotte ! Ils sont accrocs les coquins et elle, elle a la santé, elle est en pleine force de l'âge, remarque.

Elle époussette son manteau d'un revers de main comme si une poussière tombée d'on ne sait où venait d'y atterrir. Elle se retourne, gauche, droite, pour voir si personne n'écoute ou n'épie. Ben on ne sait pas, si y'a des oreilles, ici comme partout. Elle hoche la tête, et le haut de son corps se dandine sur le gré.

- Quoi ? clame-t-elle, énervée. Comment ça

comment où j'ai eu ce carnet ? T'as de ces questions mon pauvre Gérald ! Enfermée. Ils m'ont enfermée dans le magasin les salopards, le supermarché là, en face. Ça non plus tu ne le sais pas. Quelle nuit mes aïeux ! J'ai fini à l'hosto. Tout va bien, t'inquiète donc pas, « je vais faire une centenaire » a dit le beau médecin.

« Beau médecin » est sorti de sa bouche un ton plus bas, et tellement doux, qu'elle en a été elle-même surprise. Elle prend une petite respiration, continue son monologue, enjouée.

- Écoute ça Gérald et tiens-toi bien aux poignées de ton cercueil : ta moitié est une « célébrité », je suis dans le journal, mon bon ! J'aurais dû le prendre pour te lire l'article, ce sera pour une autre fois, c'est pas le plus important.

- Oui, oui, j'ai fouillé. Elle replace une boucle argentée sous son chapeau. Je cherchais un truc à boire si tu veux savoir. J'ai fouillé sans arrière-pensée, bref, je suis tombée dessus. Y'avait un mot de la Sultane, « Merci Antoine chéri pour le briquet, il est magnifique ! À très vite ta Tanou ». Explicite, hein ? Angèle a déclamé ça tout haut, elle la connait par cœur la phrase. Et le briquet, je l'ai vu aussi, continue-t-elle ravie, un Dupont, tu vois un peu, il s'est pas foutu d'elle le cochon.

Elle danse de la fesse sur le caveau.

- Quoi ? Ah, tu es énervant aujourd'hui, qu'est-ce

que tu as mon vieux avec tes questions, tu ne parles pas autant d'habitude ? Bien sûr que je lui ai donné à la queue de cheval, je lui ai même gentiment glissé entre ses croissants et ses brioches. Hihihi... Malheur ! Si t'avais vu sa tête, un vrai bonheur, je ne sais même pas comment elle a fait pour rentrer chez elle, elle pleurait des larmes aussi grosses que mon pouce ! Oh ben maintenant y'a plus qu'à laisser faire.

La vieille dame lève le nez au ciel, inhale une grande bouffée d'air. Du plaisir à l'état pur. Kiffer, ça doit être ça !

- Hé ! Je ne t'entends plus, Gérald tu dors ? Ah oui, t'es mort c'est vrai, j'oublie parfois, on s'amuse bien tous les deux, pas vrai ? Commente Angèle, tapant une nouvelle fois du plat de la main la pierre tombale dans un éclat de rire surprenant, à laisser coi son défunt mari.

19

L'air absent Sultane triture nerveusement la maille du bracelet en or rose qui orne joliment son poignet. À vrai dire elle rumine, ronge son frein, d'autant que Jeanine a remis çà tout à l'heure en venant lui donner des ordres, ça a bien failli tourner au vinaigre. Dans l'embrasure de la porte, la comptable a passé sa tête jaunâtre, lui a jeté d'une voix monocorde et directive :

- Réunion des chefs de rayons à 14 heures, tu préviens tout le monde.

La belle en a eu le poil hérissé.

- On peut savoir ?

Elle en avait bien une petite idée après la scène du téléphone.

- Tu sauras cette aprèm, tu dois être là toi aussi.
- Et pourquoi me délègues-tu le boulot ? Préviens

les toi-même !

- C'est ton job ma cocotte !

« Ma cocotte », le mot de trop.

- D'abord, je ne suis pas « ta cocotte » ; ensuite, à te regarder, je préfère ma place à la tienne.
- Oh on sait ce que tu en fais de ta place !
- Pardon ?
- On sait, c'est tout.
- Ah oui ? Tu sais tout, toi Jeanine, tu sais tout, répète Sultane en souriant de toutes ses lèvres. Non, tu crois tout savoir, mais il y a des choses que tu ignores.

L'autre a ravalé sa mauvaise langue d'un coup, un pressentiment féminin sans doute. La frontière. Elle ne l'a pas passée. Sultane, de toute façon, était en état de supériorité, en mesure de lui balancer certains détails sur sa vie intime et sur son mec qui l'auraient clouée au chambranle de la porte. Elle se souvient de cette soirée qu'elle a consenti à son mari, venu la supplier, un genou à terre. Burlesque. Il n'en dormait plus la nuit, n'en mangeait plus. Remarque, ça ne pouvait lui faire que du bien de ne plus manger. Sultane, bonne comme le pain, a dit « OK, mais une fois, une seule ! ». Il n'est pas le genre d'homme dont elle aime faire ses habitudes. Elle lui a pris plus de la moitié de son salaire pour ces heures-là. Il n'a même pas bronché à l'énoncé de la facture. Elle aurait pu lui siffler en globalité sa paye, qu'il aurait encore dit merci. Et il n'a pas l'air de le regretter, bien au contraire, quand elle le croise il a les yeux qui roulent et le front qui perle de grosses gouttes.

Alors, il ne faut pas qu'elle la chauffe de trop l'autre, la comptable.

Pour l'heure, Sultane écoute d'une oreille distraite Antoine qui s'époumone devant sa batterie de collaborateurs, attentifs, en rang d'oignons autour de la table. Il met en place la stratégie du bon déroulement de la visite du « grand-grand-patron » et la secrétaire le trouve assommant. Il n'est pas fait pour les hautes responsabilités, elle le croyait plus fort, le voyait plus grand. De plus, à lui parler comme il l'a fait ce matin, il peut aller se gratter avant qu'elle lui apprenne qu'on lui a volé son fameux petit carnet, qui plus est avec le petit mot où n'est pas écrit qu'un simple « merci » comme elle lui a fait avaler. Et elle sait, oui forcément, elle sait qui le lui a dérobé. Mais ça… tant pis. La vie tourne, le monde prend de nouveaux contours, change. Sultane est du genre à attraper la balle au rebond. Alors, advienne que pourra.

Elle n'a pas le temps d'aller au bout de sa pensée, la porte de la salle de réunion s'ouvre, sur une furie.

20

Mylène attrape tout ce qui lui tombe sous la main, sans calcul, les fringues en voleraient presque. Elle voit même passer d'un tiroir à son sac, un maillot de bain, ridicule en plein décembre, se dit-elle, mais après tout pourquoi pas ? Partir pour partir, autant que cela soit loin, très loin. Ses enfants vont lui manquer, ils lui manquent déjà. Elle les fera venir après, se rassure la jeune maman la gorge nouée, le larynx éclaté par les pleurs qu'elle a versés toute la matinée. Elle ne pleure plus, ses larmes sont enfermées sous le couvercle de sa rage. Elle va d'abord aller au bout de ce qu'elle doit faire de lui, une bouillie. Le réduire à rien ! Elle ne veut surtout pas prendre le temps de se poser, de réfléchir, elle doit tout brûler comme lui a tout brisé à la veille de Noël. Il faut en finir, elle jette un nécessaire de toilette dans une trousse, croise dans le miroir une Mylène méconnue, le regard dur, le menton vindicatif, les cheveux en bataille, l'élastique de sa queue de cheval desserrée, elle le tire nerveusement, une vague rousse déferle sur ses épaules. Elle n'est plus là. Elle est déjà loin.

Quand elle claque la porte de son foyer, Mylène bâillonne son cœur. Elle garde ses forces pour ce qu'elle a encore à accomplir avant de disparaître. Elle démarre en trombe, s'interdit de regarder dans le rétroviseur.

Il est un peu plus de 14 heures lorsqu'elle stoppe sa voiture le nez devant l'entrée principale du supermarché. À quoi bon se garer dans les clous ? Les clients, obligés de slalomer pour contourner l'automobile, râlent devant tant de toupet et d'incivilité, réclament la police. Elle ne les voit pas, ne les entend pas. Elle entre, et mieux vaut lui laisser le champ libre. Elle bouscule une hôtesse de caisse qui partait en pause, puis la retient par le bras.

- Vous savez où je peux trouver mon mari ?
- Je crois qu'ils sont tous en réunion, là-haut !

En réunion, tous ! Elle en jubilerait presque. Et sa rage se transforme en suffisance.

Quand elle ouvre la porte, elle est sauvage, hautaine.

Une lionne en pays ennemi. Elle va le dévorer tout cru.

21

Le directeur leur a mis les points sur les i : « tout doit être au carat, on ne doit rien avoir à nous reprocher, le premier qui fera un faux-pas aura affaire à moi ». Comment savoir si son message est bien passé, s'ils se rendent compte de la gravité de la situation ? Il les sonde, un à un, certains l'air las baissent les yeux, d'autres fixent un point dans le néant ou jouent avec un stylo, tournent d'un doigt le badge de l'enseigne accroché sur leur blouse, et puis il y a ceux qui le dévisagent, font mine d'acquiescer ou de réfléchir, un léger sourire affiché, le manager n'arrive pas à déchiffrer la différence entre « compte sur moi » et « cause toujours ». Qu'importe, il ne les lâchera pas d'une semelle, se dit-il, lorsqu'une rafale d'ouragan ouvre si brutalement la porte, qu'elle la claque contre le mur, réveillant l'assistance. Le cœur d'Antoine s'envole alors tel un ballon de baudruche dans un ciel d'été et éclate aussitôt sur l'asphalte brûlant d'une canicule. C'est à la fois sa femme et une inconnue. Il ne voit d'abord que ses cheveux de feu rouge et puis ses yeux, mon Dieu, ses yeux, comment dire ? Reptiliens, il en a les sueurs de la mort.

- Mylène, que se passe-t-il, tout va bien ?

Les choses dans sa tête débattent à grande vitesse : les enfants, la famille ?

Mais non. C'est autre chose.

Il blêmit, comprend l'incompréhensible.

Le cœur de Mylène bat à tout rompre. Lequel attaquer en premier ? Dans sa poche, ses doigts agrippent le carnet. Tous la regardent, l'air ahuri.

En deux pas elle fait face à Sultane, la seule qui ne semble pas surprise, lui jette violemment les feuillets recouverts de rouge en pleine poitrine, elle aurait voulu l'abattre sur le champ qu'elle n'aurait pas mieux visé. En plein cœur. Une balle.

- Tenez, votre ramassis d'immondices !

Sultane n'a pas cillé, petite elle recevait des volées sans lâcher une larme, alors…

En bout de table Antoine est pétrifié. La gifle, il ne la sent même pas. Il n'est même pas sûr que Mylène, « sa Mylène », ait pu le frapper comme cela, devant une assemblée. Son cœur vient juste d'exploser, en miettes aux quatre coins de la pièce.

- Mylène, gémit-il tout à coup.
- Je t'interdis de prononcer mon nom tu m'entends, et tiens, ceci t'est destiné !

Du plat de la main, elle claque sur la table le mot qu'elle tenait chiffonné. Et c'est une seconde gifle, d'une violence inouïe celle-là, parce qu'imparable. L'écriture de sa secrétaire, son prénom à lui, un petit mot sans équivoque. Implacable vérité. Antoine se fissure, comprend qu'il est en train de tout perdre. Il voudrait dire, lui dire, mais Mylène dévale déjà l'escalier métallique, et comme si elle avait eu le pouvoir de voler, se retrouve assise au volant de sa petite voiture, en plein cauchemar, le dos trempé de glace, les mains tremblantes. La porte passager s'ouvre, Antoine s'engouffre, le souffle court.

- Je peux tout t'expliquer !
- Expliquer ? Sors ! Sors ! Je ne veux plus jamais te voir !

Alors qu'au-dehors, la façade du supermarché clignote blanc-bleu-blanc-bleu-blanc-bleu, qu'un exalté « Vive le vent, vive le vent d'hiver » joue sa joyeuse ritournelle, elle se met à le frapper de toutes ses forces, de ses poings, de ses avant-bras. Les coups pleuvent sans qu'il s'en écarte, lui font même du bien, parce qu'elle est là, près de lui, parce qu'il sent son parfum. Parce qu'il l'aime. D'ailleurs il le crie.

- Je t'aime !

- Aimer, toi ? Sais-tu ce que c'est que d'aimer ? Baiser, oui !
- Pardon, lâche-t-il en aveu.
- Pardon ! Pardon ! Tu crois vraiment que ça va suffire ? Ah non ! Tu ne vas pas t'en tirer aussi facilement, je m'en vais, je te quitte ! S'exclame la furie rousse qui cesse les coups.
- Les enfants...
- Fallait y penser avant, ils me rejoindront quand je serai installée.
- Installée ? Gémit le quitté.
- Oh oui, tu n'imagines tout de même pas que je vais rentrer ? Et ce soir, c'est toi qui iras les chercher chez Cateline à 17 heures. N'oublie pas sinon je t'arrache les yeux et je t'interdis de mêler nos parents à cette histoire, tu m'entends ?

Elle serre la mâchoire, on dirait qu'elle mord.

- Dégage de ma vue, tu me dégoûtes, dit-elle encore dans un souffle empreint de haine.

Il sort sans le vouloir vraiment. Abêti. Livide. La voiture s'échappe dans un vrombissement de moteur malmené, Antoine la suit aussi loin qu'il peut, et au-delà encore, le regard impuissant, perdu.

Le mondc, son monde, vient de s'effondrer.

22

Angèle passe la grille du cimetière le pas alerte, longe le trottoir et s'apprête à traverser la chaussée pour enfin rentrer chez elle, avec ce qu'elle imagine être « son devoir accompli ». Elle balance son sac à main taupe, un va-et-vient enfantin, insouciant, comme les écoliers leur cartable quand, la journée terminée, ils rentrent pour le goûter, bienheureux. Ah c'est bon tout ça, c'est bon. Le fond de l'air est un peu frais, mais on ne va pas faire la fine bouche, se réjouit la petite dame. À quelques encablures, le supermarché clignote, habillé de blanc, de bleu et d'or. Un feu d'artifice à lui tout seul, se moque Angèle. Boum, boum, s'amuse-t-elle le cœur léger. Elle hume déjà la bonne odeur de lait chaud qui fera son quatre-heures, sans oublier les croissants et brioches qui attendent depuis ce matin sur la toile cirée. C'est une vraie bonne journée, une comme elle les aime, une qui créé le malaise chez autrui, abîme le joli, fend le bleu du ciel d'un éclair. Ah c'est mon cadeau de Noël se délecte la septuagénaire rigolarde, quand les pneus d'une automobile crissent, la font sursauter ; la voiture quitte en trombe le parking du supermarché sans même marquer le stop.

- Nom d'un chien, il n'est pas bien celui-là, laisse-t-elle échapper, agacée par le couinement désagréable ! Avant de reconnaître, médusée, la petite auto bleue de sa voisine qui s'enfuit à grande vitesse comme si elle avait le diable à ses trousses.
- Oh là là, ça pue le remue-ménage ! Ça fait moins la fière ! Ah, ça a même défait sa queue de cheval, ben chapeau !

Angèle s'en frotte les mains. Ses voisins marchent enfin sur des tessons de bouteilles. Leurs sourires en seront moins niais. Cependant, un phénomène curieux et pour le moins inattendu produit un effet secondaire, un goût amer lui prend la bouche, un truc aigre qui la ferait vomir. Elle ne sait pas d'où cela peut lui monter. De l'estomac, sans doute encore barbouillé ? Son envie de lait chaud est passée instantanément, jusqu'à faire son pas plus lent, plus lourd, et son humeur bien moins guillerette.

Ah oui, comme quoi...

23

La jeune femme file vers l'autoroute, elle prendra la direction d'un grand aéroport, choisira sa destination une fois sur place, laissera faire le hasard. Antoine est coupable et pourtant c'est elle qui se juge, tellement stupide de n'avoir rien vu venir, s'en veut de l'avoir tant aimé, de lui avoir tout consacré et de lui avoir offert les clefs de sa vie, celles de son âme. Elle les imagine l'un contre l'autre, pire, dégoûtée, elle les voit peau contre peau mêlant leurs salives et leurs sexes. Comment pouvait-il encore la toucher une fois rentré chez eux, lui faire l'amour, faire semblant ? Il doit payer pour ses mensonges impardonnables. Quelle idiote quelle grande naïve, c'est fini, terminé, aux ordures la gentille Mylène, réveillée après dix ans d'anesthésie, de coma. Mais elle a beau vouloir le rayer de son existence, égorger leur amour, assassiner ce mâle inconnu, donner force à sa colère, les larmes inondent son visage. Elle ne cherche pas à les refouler. Elle en a besoin, elles lui permettent de lâcher prise, de couler à l'égout le trop-plein des jours et des nuits qui remplissaient sa vie au côté de cet homme. Partir, comment y parvenir sans s'amputer soi-même ? Quitter, elle s'en rend compte, est un arrachement. Est-il normal de douter, est-elle en train de céder face à elle-même, à ce qui l'attend, aux vides à affronter, aux manques à combler ? Je dois mettre tout cela noir sur blanc, se dit Mylène, une liste, vite une liste : pour et contre, comme à la grande époque.

Et ce soir, ce premier soir sans ses enfants, sans leurs bisous, sans leurs petits mots, comment fera-t-elle pour trouver le sommeil ? Ils sont si petits, comment vont-ils réagir ? Martin est encore un bébé, mon bébé lui susurre-t-elle à l'oreille quand il se niche tout contre sa poitrine, si près des seins dont il a tété le lait et qu'il réclame encore parfois. Sa sœur saura l'aider, elle se comporte en petite maman avec lui. Elle lui collera son doudou dans les bras, lui dira « raconte-lui une histoire ». Elle fait ça quand elle veut jouer à la grande sœur qui console. Mylène imagine bien la scène. La moue sérieuse de Lily qui tend à son frère son doudou, une souris, plus vraiment grise, presque blanchâtre à force de passages en machine à laver quand Martin a le dos tourné. Mais une souris au toucher si doux, qu'il ne peut s'endormir qu'en caressant l'une de ses oreilles, entre le pouce et l'index. Cela le calme instantanément, il la traîne même jusque dans son siège-auto, elle le rassure.

- OHHHHH, NOOOOON ! Réalise Mylène en hurlant.

Instinctivement elle a tourné la tête, oubliant, sous sa plainte de louve, la route de campagne, les virages successifs et la chaussée déformée. La souris est là. Sur la banquette arrière. Elle attend sagement le retour de Martin. Le cœur de Mylène confus de sentiments et d'ordres mêlés se craquelle. Suivant elle aussi le désordre intérieur de sa conductrice, la petite voiture confond l'espace, mord le bas-côté et les herbes hautes, embarquée à contre-courant dans une série de tonneaux. Mylène ne contrôle plus rien, ni son véhicule, ni ses listes, ni sa vie.

C'est ainsi que tout bascule : la souris doudou, les cheveux roux et le cœur en morceaux de Mylène happés dans l'épicentre d'un cycle d'essorage lancé à vitesse maximale. Un bruit sourd de moteur qui râle, une carcasse de voiture qui se plie.

Puis, plus rien.

24

Il a cru devenir fou ou qu'il l'était devenu. Il a cru qu'il était aspiré vivant par l'un des fameux trous noirs de l'univers ou qu'on lui avait jeté un sort, il s'en est même mordu la langue au sang pour vérifier. Mais non, tout était bien réel. Son cœur s'est ratatiné, ses veines se sont effilochées, prêtes à se rompre. Au bout du fil un gendarme lui a demandé s'il était bien le mari de madame Mylène Jonas née Seurat.

Un accident. Transportée aux urgences de l'hôpital. Antoine ne se souvient même plus comment il est arrivé là-bas, sa mémoire n'est qu'un épais brouillard où partout il se cogne, il se souvient juste de l'instant où il l'a vue. Une apparition. Un ange en enfer. Sa chevelure rousse, son visage marbre blanc, et sa lèvre supérieure tuméfiée. Vénus pourtant, bien plus belle que celle de Botticelli, celle de la naissance, cela lui a tordu les tripes. Un drap vert pâle couvrait tout son corps, c'était intense, terrifiant. Flagellé, il a vacillé. Quelqu'un a glissé un tabouret sous ses fesses, il s'est assis, sonné, meurtri. Il aurait aimé tout prendre, la douleur et les bleus. Il aurait aimé tout lui rendre, intact, son bonheur et leur amour. Il aurait pu la regarder des heures durant, sans se lasser une seconde, la regarder toujours sans prononcer un mot, ne plus parler, ni l'un ni l'autre, juste se comprendre, tout comprendre, sans rien se dire.

C'est là que Mylène a ouvert les yeux. Et tout est allé de travers, elle a hurlé d'une voix qu'il ne lui connaissait pas, le personnel a accouru. Elle voulait qu'il parte, qu'il fiche le camp. Il a protesté. « Je suis son mari ». Ils savent. « Vous ne pouvez pas me forcer à sortir ». Mylène a éructé de plus belle, le traitant de salaud, dans ce qu'il a cru être un sanglot. Il touchait le fond. Un grand costaud habillé de vert, un genre de Hulk, l'a forcé à sortir, Antoine a bien essayé de le défoncer, mais l'autre l'a arrêté d'une poigne de fer. L'infirmière, une petite femme ronde, la cinquantaine, le cheveu très court et hyper oxydé, des anneaux dorés aux lobes de ses oreilles, a ordonné :

- Rentrez chez vous Monsieur Jonas, votre femme ne veut pas vous voir.

Cela lui a fait si mal, coupé en deux, amputé de la meilleure partie de lui-même et de sa vie, il allait mourir !

Elle a rétorqué, exaspérée :

- Non monsieur vous n'allez pas mourir, elle en revanche, elle aurait pu y rester, ce sont juste des contusions, alors estimez-vous heureux ! N'insistez pas. Rentrez chez vous ! Une nuit là-dessus et demain tout ira mieux, faites-moi confiance. Je m'y connais en amour, rentrez, ne faites pas l'enfant.

Il aurait aimé s'accrocher à son cou, pleurer dans son giron maternel, et le nez entre ses seins, demander :

« Oh Super-Nani, c'est vrai tu t'y connais en amour ? C'est bien vrai, demain ce sera fini, demain tout sera comme avant, toi qui connais l'amour dis-moi ? ».

Mais il n'a pas osé. Tétanisé. Il a tout fermé à double-tours. Ses larmes et son cœur. Il est remonté dans sa voiture en pensant qu'il allait reprendre ses enfants chez Cateline, rentrer chez eux et clore les volets. Leur dire que tout va bien, que demain tout recommencera, maman sera là et lui aussi. Et comme avant ils s'embrasseront, comme avant il refermera sa main sur son sein avant de s'endormir, comme avant il la réveillera au petit matin et ils feront l'amour, le seul, le vrai, celui qu'on ne peut vraiment faire qu'avec amour. Et merde, fait chier ! Il aurait aimé hurler, mais ses cordes vocales n'ont laissé échapper qu'un râle de gorge étriqué. Il a frappé du plat de la main le volant et des larmes ont roulé sur ses joues. Dans ses tempes battait une musique, une chanson du groupe Archive, et la plainte déchirante de son chanteur, le son hypnotique de la guitare, la voix douloureuse et lancinante frappait : « again, again, again... » Il se souvient, c'était aux

Eurock, un soir d'été en 2006, ils étaient collés l'un à l'autre à se balancer... « Again, again, again... »

Il s'en veut à mort. Non. Il est mort.

25

À l'intérieur tout est figé, froid, une banquise. L'ère glaciaire a pris possession de ses veines, rompu les cordes sensibles. Son cœur n'émet plus aucun signal d'amour. Le choc a-t-il été si rude ? A-t-elle été tant secouée par les multiples tonneaux pour qu'à ce point son corps se soit durci ? Tout le monde est d'accord, c'est un miracle. Les pompiers eux-mêmes, arrivés très vite sur le lieu de l'accident, lui en firent le commentaire :

- Ben madame, vous avez un ange au-dessus de la tête !

« Un ange au-dessus de la tête ? », plutôt un beau paquet de merde oui ! Évidemment elle s'en sort bien, elle s'en rend compte maintenant, après coup, même si sur l'instant elle voulait rentrer chez elle.

- Tout va bien, articulait-elle, la lèvre endolorie par un énorme hématome, levant les bras au ciel tel un malfrat arrêté en plein délit, je dois rapporter son doudou à mon fils.

Elle geignait accrochée à la souris grise, l'agitant sous le nez des sauveteurs. « C'est le doudou de mon petit garçon, il ne peut pas dormir sans, il l'a oublié dans la voiture. C'est pour ça que... » expliquait la maman le regard désœuvré, tourné vers la carcasse éventrée, dont on se demande encore comment elle en est sortie. Eux disaient : « Calmez- vous, laissez-vous faire madame ! » Dans le pré voisin, au pied d'un noyer centenaire, un corbeau et deux pies se volaient violemment dans les plumes. Le plus jeune des pompiers a rétorqué gentiment qu'elle pouvait compter sur lui, il se chargerait de le lui rapporter en personne. Elle l'a cru. Sans doute à cause de ses yeux vert d'eau, comme ceux de Martin et ses pommettes parsemées de taches de rousseur, comme Lily. Le corbeau et les pies combattaient encore quand ils ont filé, sirène hurlante, vers l'hôpital. Elle s'est laissé faire sans résistance, ça lui faisait du bien de s'en remettre à d'autres, de laisser son corps entre des mains bienveillantes, de pouvoir fermer les yeux et dire qu'elle avait mal, parce que oui, bordel ! C'est bien ça, elle avait mal à en crever. Et si son corps a si bien résisté au choc de l'accident, c'est qu'il venait de subir un assaut bien plus terrible, un tsunami émotionnel qui a barricadé toutes les entrées et toutes les sorties, blindé sa carapace.

Jusqu'au moment où elle a vu ce benêt, pleurnichant assit à ses côtés. Son sang n'a fait qu'un tour.

Prise d'une rage folle elle aurait pu le mordre, le déchiqueter à coups de mâchoires.

On vient de le sortir, manu militari. L'infirmière, la paume de main ouverte, lui impose un cachet, blanc, minuscule.

- Pour vous détendre, dit-elle rassurante, souriant à sa patiente.

La miraculée veut juste se laisser bercer. Dormir et oublier.

26

Angèle est au spectacle, en loge d'honneur, au balcon. Tout est en place, elle a frappé les trois coups et attend, fébrile, les entrées en scène, le cœur haletant. Elle a poussé un fauteuil sous la fenêtre, placé un coussin sous ses fesses pour rehausser sa taille et mieux voir encore la maison des Jonas. De son promontoire, elle cible la porte d'entrée, la véranda-cuisine à ciel ouvert, la lumière dans la salle de bains, la chambre parentale. Seules, celles des enfants donnent de l'autre côté, mais elle capte le meilleur morceau et s'en frotte les mains.

Ce qu'elle aimerait par-dessus tout, c'est une belle scène, une gifle, un attroupement de voisins et des enfants qui geignent. Voir sa tête à lui, la mèche de ses chers cheveux retombée sur son front en bannière défaite, hoqueter du « pardon mon amour, je ne le ferai plus ». Et elle, le griffer au visage rouge de colère. Oh oui, ce serait beau. Ah ! Bien sûr, il lui faudrait des jumelles, des jumelles de théâtre, mais elle a chaussé ses lunettes et elle y voit net, verra tout sans être vue, quel bonheur. Elle a tout mis en scène, à l'ombre de ses soixante et onze printemps, quelle jouissance, et s'en congratule comme à l'aube des plus grandes représentations théâtrales. Le seul point noir c'est la nuit qui ne va pas tarder à tomber. Mais quand bien même, les acteurs seront dans la lumière de l'éclairage public et de celle de la rampe de petits spots qui jalonnent l'allée de leur maison, elle ne loupera rien.

Ainsi, la spectatrice remercie les réverbères et éclairages de jardin, comme, à l'époque du grand ORTF, où les comédiens de « Au théâtre ce soir » remerciaient Roger Harth et Donald Cardwel pour leurs costumes et décors. Oui, du grand spectacle !

Angèle l'eau à la bouche, régalée par avance, elle n'attend plus que le lever de rideau.

27

Lily ne dit plus rien. Elle s'est fermée face au truc qui cloche, qui angoisse son papa et dont elle n'a pas la clef. Son regard se perd sur la ville qui défile. Martin, lui, s'est endormi les doigts dans la bouche, tassé dans son siège, il a beaucoup pleuré son doudou. C'est bien un garçon, pense Antoine. Ils ont demandé :

- Où est maman ? Pourquoi c'est toi qui viens nous chercher ?

Antoine a bredouillé :

- Maman est fatiguée, elle est allée, euh… se reposer.
- Se reposer ? a questionné Lily fronçant le sourcil à la manière de Mylène, pour fendre un peu plus le cœur de son père.
- Oui se reposer, à la campagne.
- C'est quoi la campagne ? a demandé Martin.

Antoine a clairement lu dans l'œil inquisiteur de sa fille : c'est faux, tu mens papa, je veux la vérité. Et du haut de ses cinq petits printemps, l'enfant a fait rougir son père. Depuis elle se tait. Pourtant près d'eux, il se réconforte, il en est sûr, elle va rentrer. Elle ne peut que rentrer. Comment ferait-elle autrement ? Comment ? Il se gare, prend une grande inspiration, leur maison est là intacte dans le halo des phares. Lily a déjà attrapé son sac à dos et claqué la portière.

- Viens fiston, susurre-t-il tendrement à l'oreille de son petit garçon.

Il le serre sur son cœur, l'enfant pèse à peine. Ses yeux s'arrêtent un court instant sur la fenêtre, à l'étage de la maison voisine. Toujours à reluquer chez eux. Il le sait. Il ralentit son pas et dans la transparence du voilage il croit voir la tête de vieux clown blanc qui les épie du haut de sa tour de guet, mais ce soir ce voyeurisme qui viole son intimité lui est insupportable. Sa haine contre Angèle Hazard monte d'un cran ; s'il n'avait pas les bras chargés du petit poids d'amour, il irait lui clouer sa tronche à cette sale bique.

- Papa, dépêche-toi, ordonne Lily !

Là-haut, Angèle n'a rien vu. À trop attendre, ses yeux las ont fini par baisser les volets. Elle a glissé lentement entre les bras du fauteuil, emmitouflée dans la laine parme de son gilet. De sa bouche s'échappe un léger sifflement. Ce n'est que beaucoup plus tard, lorsque les phares d'un véhicule viennent taquiner sa fenêtre que la guetteuse se réveille en sursaut.

- Nom d'un vent ma vieille, tu t'es endormie ! grogne-t-elle à son endroit, pas très fière.

La septuagénaire s'étonne en remettant d'aplomb ses lunettes forçant sa vue embrouillée, zieutant le visiteur - pas si mal fait ma foi - qui sonne à leur porte : C'est qui celui-là qui arrive chez eux ?

Deux notes musicales retentissent, courent à travers la maison.

Elles électrisent Antoine. Il s'arrête net, une poussée d'adrénaline dans tout le corps.

- C'est qui, c'est maman ? demande Martin.
- Gros bêta, elle a ses clefs ! Rétorque sa sœur appliquée à brosser ses longs cheveux fauves.
- Je reviens, aide ton frère à mettre son pyjama, ordonne le papa précipitant ses mots et ses gestes, imaginant Mylène, la clef dans la serrure et sonnant pour prévenir de son arrivée. Ben quoi ? Oui, il y croit ! Il y croit et s'engouffre dans l'escalier la respiration courte, pris d'un espoir infini et troublant, imaginant qu'elle va lui tomber dans les bras, non mieux qu'il se laissera choir à ses pieds en lui demandant pardon et enfin, il la soulèvera de terre, l'emportera jusqu'à leur chambre, ils noueront leurs lèvres et ils...
- Bonsoir m'sieur !
- Bonsoir, fait Antoine la voix blanche.
- Je vous rapporte le doudou de votre petit garçon.

Il agite la souris sous l'œil vide du maître de maison.

- Ah, euh… Et vous êtes ?
- Oh pardon, je suis l'un des pompiers qui était sur le lieu de l'accident cet après-midi, déclare humblement le tout jeune caporal Vidan, qui se rappelle tout à coup qu'il a ôté son habit bleu marine aux bandes rouges.

Accident. Pompiers. Les mots en gants de boxe fracassent le visage d'Antoine, le laissent K.-O. quelques secondes. « Doudou » est le mot qui lui jette, en pleine face, un seau d'eau glacée et le ramène à l'instant.

- Cela paraissait important pour Madame Jonas que le petit retrouve son doudou. Je l'ai reconnue tout de suite, votre femme, j'habite au bout de la rue c'est pour ça, ajoute le jeune homme embarrassé devant l'air hagard du directeur du supermarché.
- Ah oui.
- Et je la comprends.
- Ah bon ?
- J'ai gardé longtemps le mien, il doit encore dormir au fond d'un carton.
- Euh... Qui ? Quoi ?
- Mon doudou, je l'ai encore, avoue le jeune homme le sourire angélique et plein d'empathie.
- Hum, hum, oui, merci.
- De rien, service, fait le jeune homme investi. Et alors qu'il s'apprête à tourner les talons et ses larges épaules il ajoute : « je suis content qu'elle n'ait rien vot' dame, elle a eu de la chance, bon Noël quand même m'sieu ! »

Celles d'Antoine, d'épaules, sont tombées d'un coup, avec ses bras.

- C'était qui papa ? demandent deux curieux postés sur les marches de l'escalier.

28

Nuit du 23 au 24 décembre

C'est un martèlement sourd, un truc anormal qui percute son cerveau, la sort du sommeil à ne plus savoir si elle dort ou si elle est éveillée. Et ça continue. Non, elle ne rêve pas et elle ne dort plus.

VLAN VLAN VLAN

- Nom d'un pape, jure Angèle qui sort une tête piquée de bigoudis de dessous son polochon en plumes d'oie, c'est quoi ct'affaire ?

Cela continue bel et bien, c'est sourd et lancinant et ça redresse la réveillée d'un coup, assoit ses vieux os dans sa chemise de nuit pour écouter. On martèle sa porte, celle qui donne sur le jardin. Elle n'est pas du genre peureux, elle a passé l'âge d'avoir peur du loup-garou et de toutes ces conneries, mais quand même, en pleine nuit ce n'est pas courant et l'on ne frappe pas pour toquer, on donne des coups, on dirait même qu'on veut défoncer la porte. Une bête fauve, un cambrioleur pas finaud, un malade mental échappé de l'asile voisin, qui, pourquoi ? Elle devrait descendre et téléphoner, appeler à son secours ces feignants de gendarmes, et sans doute risquer sa peau, pas question. Ouvrir la fenêtre et s'époumoner « à moi à l'assassin ! ». Encore moins. Toute la ville rirait d'elle s'il ne s'agissait que d'un sanglier égaré, comme cela s'est produit dernièrement dans un village voisin. Pourtant c'est un fait, la voilà pour de bon, prise au piège à l'étage, sans même pouvoir demander de l'aide. Elle n'a pas cédé à cette mode idiote du téléphone portable, mais il faut bien reconnaître qu'elle a l'air d'un rat pris dans son propre trou, de quoi le regretter amèrement. Il ne lui reste plus qu'à prendre son courage à deux mains et voir qui fait tant de barouf. Au diable la trouille. La peur n'évite pas le danger.

Elle enfile ses pantoufles et glisse prudemment sa carcasse de poulet jusqu'à la fenêtre. Tire sur son cou. Ne respire plus.

L'œil, le plus proche de la fente du rideau, exorbité.

29

Il le sait. C'est idiot. Elle ne répondra pas. Il le sait.

Mais ne pas répondre ne veut pas dire ne plus répondre. Une fois, dix fois, mille fois. Il ne les a pas comptées. Il l'a appelée au point de connaître par cœur le moindre petit souffle entre ses lèvres, la plus imperceptible des inspirations du message de son répondeur téléphonique. Chaque fois la même angoisse, la même espérance, les mêmes sonneries, quatre, et au bout sa voix insupportable et si douce, le ton léger, gai, presque chantant : « je suis occupée, laissez-moi vos coordonnées, je vous rappelle dès que possible, à bientôt. » À la première il a murmuré :

- C'est moi mon amour. Et a ajouté, rappelle-moi je t'en supplie.

Et depuis, c'est comme s'il se jetait contre un mur à chaque tentative, c'est à devenir fou.

Les enfants sont au lit depuis belle lurette. Lily s'est couchée sans piper mot, une princesse, altière dans sa chemise de nuit rose, le regard glacé sur un Antoine lessivé et plus pâle que jamais. Il a déposé un baiser sur la chevelure écureuil. Elle lui ressemble tant.

- C'était bien l'anniversaire, tu t'es amusée ma chérie ?
- Mmm... A murmuré la fillette, lèvres serrées, tournée vers le mur, sa poupée préférée au creux du bras.

Quant à Martin, le coucher fut plus compliqué. Il a pleurniché, réclamé sa maman, il a aussi tenté de tirer parti de la situation avec une prolongation en compagnie de ses tortues Ninja, quémandé une histoire de plus, un baiser esquimau de plus, mais Antoine a tenu bon. D'ailleurs, il n'a plus la force de négocier. Il a allumé la veilleuse, laissé la porte entrouverte, et dit d'un ton las et si bas, qu'il a surpris le petit garçon :

- Tu dors maintenant mon chat.
- C'est demain papa *Noyel*, papa ?
- Euuh, oui demain, pour les petits garçons sages seulement, a répondu le papa submergé par l'émotion.
- Je suis sage hein papa, tu chantes quand tu descendras du ciel ?

Antoine a gémi plus que chanté, bâclant l'incontournable chansonnette, favorite du garçonnet ces derniers temps. Un supplice. Enfoui sous sa couette, l'oreille de la petite souris grise entre ses doigts, le petit homme a fini par sombrer dans ses rêves.

Et à cette heure avancée de la nuit, Antoine n'est plus qu'un ramassis de ses erreurs. Comment en est-il arrivé là ? Comment a-t-il pu lui faire ça ? Comment ? Tassé sur l'un des tabourets hauts du bar de leur cuisine tout confort et toute blanche, sous le regard en LED crus du plafonnier dernier cri, il se sert un, deux, trois verres, ou plus, d'un whisky irlandais, il ne compte plus, il boit. Il n'a jamais aimé le goût de ce breuvage, mais là, les vapeurs de son alcool fort embrument ses pensées, pansent quelque chose qui s'est effondré comme le ciment effrité tient un vieux muret. On le dirait sorti de l'un de ces films américains où le héros abandonné par sa belle noie son chagrin au bar d'un hôtel miteux. Et dans sa tête, il y a même une voix triste à lui arracher le reste de ses tripes, une voix qui pleure une mélodie à se pendre : « my funny Valentine, stay Valentine, my Valentine... » Ô Mylène, ma Mylène, qu'est-ce que je t'ai fait ? Qu'est-ce que je nous ai fait ? Il la revoit lionne en furie qui le gifle de toute son âme, il revoit la voiture qui démarre en arrachant son cœur, et aussi sa chevelure de lune rousse en éventail sur l'oreiller suaire vert, sa bouche tuméfiée.

Putain de bordel ! Putain de bordel !

Il en a encore les sueurs de la mort dans le dos. Il voulait rester là, près d'elle. Pour toujours. La veiller. Lui donner son sang et ses veines. Mourir pour elle. Et elle a ouvert les yeux. Son regard, sur lui, comme au premier jour. Il était prêt à se jeter à ses pieds, à tout lui donner, à tout lui rendre, à tout lui offrir. Mais elle a hurlé à la mort. Une louve qui déchirait la nuit et le déchiquetait.

Elle ne veut plus le voir. Les mots plantent encore leurs crocs dans sa chair. Et tout lui est absolument insupportable à garder en mémoire.

- Putain de bordel ! Putain de bordel !

Comment Mylène a-t-elle su, un sixième sens ? Non c'est stupide bien sûr, pense-t-il en se raclant la gorge et les sinus avec une gorgée de whisky. Il y a ce mot, griffonné par cette garce. Mylène le lui a jeté à la figure. Il s'est retrouvé âne de foire en pâture. L'opprobre. Sali pour toujours. Sans cette gourde de Sultane il n'en serait pas là.

Et sa mémoire le replace devant ces instants, juste après le départ de Mylène et la scène devant les employés et toute la population des environs quand il n'a plus cure de rien. Ces instants quand il entre dans le bureau de la secrétaire, prêt à la ratatiner, puisque tout le monde sait, se gausse. Il leur offre un dernier spectacle, éructant toutes cordes vocales déployées :

- Connasse, tu es fière de toi ?

La brunette ne bouge pas un cil. Il faut dire qu'elle a le cuir endurci. Il sait les raclées de son enfance sans pleurer, pour être la plus forte. À son regard il comprend que ses muscles de bureaucrate ne lui font ni chaud ni froid. De toute façon, il est incapable de frapper une femme, alors il braille, comme un con, tout seul :

- Tu croyais quoi, que j'allais abandonner ma famille pour une fille de ton genre ? Tu ne lui arrives pas à la cheville, pas à la cheville tu entends ? Tu as voulu me détruire hein ? Ce mot, c'est dégueulasse. Jamais de mot j'avais dit, triple idiote ! Et d'ailleurs, avoue-le, il n'est pas arrivé tout seul dans les mains de ma femme, tu me donnes la gerbe, salope !
- Ah oui ?
- Tu me dégoûtes, tu vas le payer cher !
- Posez-vous les bonnes questions, Monsieur le directeur.
- Quoi, tu te fous de moi en plus ?
- Pas du tout. Ce que je veux dire, c'est que je n'y suis pour rien.
- Pour rien, pour rien ?
- Non, ce n'est pas moi.
- Mais t'es une saleté, une...

Il n'a pas le temps d'aller plus loin dans ses invectives, le téléphone sonne. Sultane décroche et lui tend l'appareil, le regard étonné. Une voix d'homme demande s'il est bien le mari de madame Mylène Jonas née Seurat.

Et ce fut la fin du monde. Et plus rien, depuis, ne tient debout.

Pourtant, tout aussi imbibé d'alcool qu'il est, un truc le chiffonne, lui revient en boomerang. Certes, Sultane est une traînée, mais quand elle dit que ce n'est pas elle, il veut bien la croire. D'autant qu'elle a ajouté « posez-vous les bonnes questions… ».

Si ce n'est pas elle, c'est qui merde, c'est qui ? Qui peut m'en vouloir au point de faire une saleté de cet acabit ? Ah il faut être un beau salaud, un jaloux ! Mais on ne peut être jaloux d'une Sultane, tout le monde y a droit moyennant monnaie, ou alors amoureux. De Mylène ?

Oui c'est ça de ma femme si belle, si douce, si désirable. M'évincer pour mieux la cueillir, plausible, mais qui ? Je ne vois pas. Pourquoi pas une femme ? Oui, une femme ! Aurais-je licencié une collaboratrice, mal répondu à une cliente ? Non, non, bien évidemment, que non ! Ou alors, une femme amoureuse ou jalouse ?

Ah oui, une jalouse, genre vengeance d'une blonde ! Ben il faudrait vraiment que c'en soit une plus garce que les autres, une belle frustrée de la vie avec un vrai mauvais fond, de vraies rancœurs, de la vraie méchanceté. Un cœur sec, qui ne sait pas ce que c'est d'aimer.

Et les yeux d'Antoine, va savoir pourquoi, passent les vitres de la véranda, filent par-dessus la haie, visent la fenêtre du haut de sa vieille chouette de voisine. Il attrape le premier truc à sa portée et traverse le jardin, en titubant.

30

24 décembre

J'ai pris dix ans, constate Mylène ! Du bout de l'index elle tapote en grimaçant sa lèvre tuméfiée, sonde ses traits au miroir de l'espace douche-lavabo-W.-C. de sa chambre d'hôpital. Et mon corps vingt, ajoute-t-elle, pivotant pour attraper la serviette de toilette. Ses os et ses chairs semblent être passés sous un rouleau compresseur. Dieu merci, je n'ai rien. Elle éponge délicatement les gouttelettes d'eau qui ruissellent le long de ses membres comme si elle les découvrait pour la première fois. Une éraflure sur le haut du genou. Rescapée du pire, on prend conscience de ce qu'être entier et debout veut dire. Pourtant cette nuit tout a défilé dans sa tête. Elle comptait, pesait, jugeait. Froidement. Devenue animal à sang froid. Tout apparaissait clair. Chacun rentré dans ses cases. Comme au temps des listes, mais cette fois pas pour rassurer, avec l'assurance d'une force insoupçonnée, avec l'acquisition d'une puissance supérieure. Elle sourit à son nouveau visage, à la nouvelle elle-même qui n'est autre que celle qui était enfouie sous ses peurs. La peur de ne pas être à la hauteur, la peur de ne pas être aimée, la peur d'être oubliée, la peur de tout perdre. Et voilà, en quelques heures, elle a touché à toutes ces peurs, alors ce matin, elle n'a plus peur. Sans le savoir, Antoine lui a administré l'antidote au poison qui depuis toujours gâche son existence.

Quelle chance de s'être enfuie avec un sac d'affaires personnelles. Il l'a suivie à l'hôpital. Elle termine de s'habiller, une infirmière passe la tête dans l'entrebâillement de la porte.

- Tout va bien Madame ?
- Très bien.
- Quand vous serez prête, je vous emmène à l'accueil signer les papiers de sortie et l'ambulance vous attendra devant l'entrée.

Tout en boutonnant son chemisier, Mylène se dit qu'à cette heure ses petits sont au square, qu'elle risque de les apercevoir. C'est certainement le seul moment où il lui faudra gérer son émotivité, fermer les écoutilles, ne pas se laisser submerger. Elle inspire et libère étrangement ce qui aurait pu la faire s'effondrer. L'accident est le bras qui a arrêté sa fuite. Où serait-elle ce matin sans ce coup du sort ? Dans un avion comme une âme en peine ou au bord d'une piscine à la remplir de ses larmes ? Il lui fallait rester. Pour eux. Il lui fallait rester à côté d'eux. Elle l'a compris cette nuit. Hazard lui doit bien cela, des indemnités pour le préjudice causé. Ainsi, Mylène a commencé à réfléchir à chaque détail de sa mise au vert. Tard dans la soirée, elle a joint Teresa, cette jeune femme sans emploi qui, il y a quelques semaines, l'avait abordée, disait prendre les devants, ne pas compter pas sur Pôoooolemploi et ses propositions miséreuses, frappait aux portes, forçait son destin, distribuait sa carte de visite. Mylène avait gardé son numéro, séduite par l'assurance et le sérieux de la jeune femme. Elle lui avait promis de faire le tour de ses amies, elle en avait même touché un mot à Antoine, mais à tout dire quand hier soir elle l'a appelée, elle espérait très égoïstement qu'elle soit toujours en recherche d'un job. Teresa a dit oui, sans hésiter, surprise dans son premier sommeil, croyant un instant être au bord de l'un de ses rêves. En deux mots, elle a saisi l'urgence, le désarroi, le cadre exceptionnel, et même confidentiel de la demande de Madame Jonas qui lui déroulait le scénario des jours à venir, calmement, mais sans reprendre sa respiration.

- Je serai sur le pont avant l'heure, comptez sur moi, a dit la nounou fraîchement embauchée, la voix claire et sans équivoque, tout en remerciant sa providence, ôtant ainsi la plus grosse des épines du pied de Mylène qui, sans inquiétude, lui confiait ses petits.

Tout se passera bien, affirme encore pour elle-même la jeune maman en quittant l'hôpital, une confiance innée en cette jeune femme qu'elle ne connaît pourtant ni de près ni de loin. Incroyable pour une mère poule. La terre aurait-elle changé le sens de ses tours ou serait-ce la lune ? Ou bien cette fin du monde annoncée et pas venue, qui, inversant les forces, aurait apporté malgré elle, une ère nouvelle ?

Va savoir…

31

- Ah punaise mon salaud, tu n'y es pas allé de main morte, tu vas en être de ta poche, foi d'Angèle !

L'agressée glisse une main noueuse sur le montant de la porte, fait en sorte d'éviter les échardes, grimace, se trouble un instant en pensant qu'il aurait pu s'attaquer à son rosier. Elle imagine les dégâts qu'il aurait faits si au moins il en avait eu l'idée, même avec un rouleau à pâtisserie. Un rouleau à pâtisserie. À cette évocation, ses épaules enroulées d'un châle gris dansent sous les effets d'un rire moqueur. Un rouleau à pâtisserie, ah le con ! Il en a fait un raffut cet imbécile épais comme une truite, à vouloir défoncer une porte avec un rouleau à pâtisserie. Bon, il faut dire qu'il en tenait une bonne, il n'avait pas bu que de l'eau. Ainsi donc, il sait. Il sait que c'est elle, Angèle, qui a révélé le pot aux roses, tant mieux. Il faisait moins le fier cette nuit, il a même déguerpi en rampant quand il a pris la douche froide. Un pichet d'eau fraîche qu'elle lui a complaisamment versé sur la tête, du haut de son étage. Ah plus question de mèche de cheveux à replacer, de nœud de cravate à resserrer. Un asticot, rien de plus. C'est Angèle qui le fait danser cette fois, ha ha ha ! Cela dit, elle se souvient qu'elle ne fanfaronnait pas non plus quand elle s'est approchée de la fenêtre et qu'elle a vu ce cornichon saoul. Les bras en tourniquets, armés, les jambes chancelantes, l'œil hagard, les mots empêtrés :

- C'est toi hein, c'est toi rascasse ! Sale pie ! Je vais te faire la peau madame-je-me-mêle-de-tout. Tu vas ravaler ta langue de vipère. C'est toi !

L'homme bafouillait, reculait de deux pas, réarmait, fonçait tel un bélier furibard et idiot, cognait brassant l'air. Ah quel spectacle, à pisser de rire. Une seule représentation, pour elle seule. On se serait cru dans une pièce de boulevard. Elle n'est pas près de l'oublier et en a rigolé sottement toute la nuit en se tenant les côtes.

- Quand je pense qu'il m'a menacée, moi Angèle. Hé ! Que peux-tu me faire grand imbécile ? C'est moi qui mène le bal !

32

Il se croyait indispensable. Indispensable à sa famille. Indispensable à sa femme. Indispensable au supermarché. Je ne suis rien, se fouette Antoine abattu, ratatiné, je ne suis plus rien. Voilà la vérité, nue et sans fard. Ainsi, c'est sa bien-aimée, si douce, si fragile, qui après tant de traumatismes, a eu la force et le courage de tout gérer du fond de sa chambre d'hôpital. Alors que lui s'est effondré, incapable de tenir debout. Voilà la réalité. Et le comble de la déconfiture, ce matin c'est son gamin de trois ans qui l'a réveillé alors qu'il dormait encore, tout habillé, le nez dans les coussins du canapé, les chaussures et les genoux maculés de terre et d'herbe, la chemise trempée, déboutonnée jusqu'au nombril, et - faut l'avoir vu pour le croire - un rouleau à pâtisserie serré contre la poitrine. La honte.

- Papa ! Papa !

Dans son crâne tout faisait caisse de résonance.

- Merde !
- C'est un gros mot papa.

Oui, c'est un gros mot, tsst... Il en avait bien d'autres sur le bout de la langue ! Il n'a pas eu le temps de s'appesantir, on a sonné. Et, elle est entrée. Valise à la main. Tout sourire. Mary Poppins. Chapeau et pépin en moins. Il en est resté tout bête. Elle lui a tendu un téléphone, récitant mot pour mot sa leçon apprise la veille, on aurait dit du morse :

- Bonjour monsieur, je suis Teresa, tenez pour vous, écoutez, un message de Madame Jonas.

Il a attrapé le téléphone, comme un noyé une bouée en pleine mer. C'était bien la voix de sa femme. Un message préenregistré. Elle disait avoir embauché Teresa, nounou de Lily et Martin pour les temps à venir, elle restera à domicile, jour et nuit. Elle terminait en disant : « fais équiper sa voiture de sièges pour les enfants et prévois-lui un budget pour les courses. Elle a toute ma confiance ». Sa voix a traîné sur le mot confiance.

Groggy, il a balbutié « merci » à la jeune femme brune au visage poupon qui, déjà, faisait avaler chocolat et tartines, brossait dents et cheveux, dégotait le pull rose réclamé par Lily, retrouvait le doudou sous le lit de Martin. Il a balbutié. Il n'a rien trouvé de mieux à dire. Il s'est senti con. Très. C'est là qu'un vent froid a tourbillonné de ses tripes à son cœur. Là qu'il a pensé :

Je ne suis rien. Une chiure.

Alors, il a pris la direction du supermarché, tête basse.

Il roule sans conduire. Même la voiture n'a plus besoin de lui, elle connaît tout des stops et des ronds-points, elle se gare sans qu'il ait levé le petit doigt. Il est en retard. Très. Un 24 décembre de surcroît, avec tout le taf, les arrivages, les mises en rayons, l'affluence et les soucis engendrés par une telle journée. Eux, ses collègues, sont sur le pied de guerre depuis 5 heures du mat, minimum. Hier encore il se serait fait hara-kiri, aujourd'hui il s'en fout. Quoi qu'il en soit, ils se débrouillent aussi bien sans lui. La preuve, quand il passe le sas de l'entrée tout semble marcher comme sur des roulettes. C'est en automate, le nez sur ses chaussures et au rythme des notes musicales abrutissantes de « vive le vent » qu'il monte les marches de l'escalier métallique, s'échappe de l'atmosphère des grands jours qui règne quelques pas en-dessous, en retenant sa respiration. Une apnée de fautif. Il referme la porte, curieusement soulagé, personne pour l'alpaguer, le charger d'un souci supplémentaire, il n'aurait pas eu la force de faire face. Son plexus lui fait un mal de chien, se déchire et une rivière en crue inonde soudainement son visage.

Des larmes.

Des larmes bizarres et inutiles.

Des larmes qui l'achèvent.

Il n'est plus rien, plus rien sans elle.

33

Quand la porte d'Angèle s'ouvre, Mylène sourit jaune il faut bien l'avouer. Vingt-quatre heures se sont écoulées depuis qu'hier elle a franchi ce même seuil, un sachet de viennoiseries sur le cœur. Un cœur qu'on allait lui exploser sous ce toit avec une extrême bienveillance.

Quand la septuagénaire ne saisit pas les choses, elle accentue considérablement le circonflexe de ses sourcils et forme avec sa bouche un étrange cul de poule d'où sort une voix étriquée, revêche :

- Hé ! Doucement bonhomme, vous vous trompez de porte, la petite dame c'est à côté !

L'herbe fauchée sous les pieds par une pantoufle qui barre fermement l'accès à l'entrée, l'ambulancier se stoppe net, tournant vers Mylène un œil perplexe, le bras distendu par le bagage de sa passagère.

- C'est bien ici, confirme la jeune femme qui monte avec précaution les marches du perron et lance conciliante, bah... ON n'est pas toujours agréable avec l'étranger, mais ON a le cœur sur la main, n'est-ce pas Angèle ? Alors heureuse de me revoir ?

- Qu'est-ce que c'est que ce cirque ? Je vous préviens, j'appelle les gendarmes !

Mylène envoie un signe de tête explicite en direction de son convoyeur, qui sous-entend laissons-la dire, laissons-la faire, la vieille dame en chausson yoyote.

- Ça ira Madame ? Vous êtes certaine ? s'assure-t-il, inquiet, avant de la laisser.

- Oui, oui, ma tante perd un peu la tête, ça va aller.

- Ma tante, ma tante... Vl'à aut'chose ! Ça ne va pas bien vous ! Ma tante ?

Angèle hallucine. Elle danse de ses pas de volatile excédé, claque des ailes et du bec autour de l'intruse. Pourtant rien n'y fait, Mylène entre comme si elle était chez elle. Et la nouvelle venue ordonne pompeusement :

- Tenez, rendez-vous utile, accrochez mon manteau à la patère et amenez-moi jusqu'au lit de votre chambre d'ami. Vous avez bien une seconde chambre ? J'ai besoin de me reposer.

Télécommandée, Angèle suspend le manteau sans broncher, perçoit nettement qu'avec ses grands airs la greluche la prend pour une idiote et elle n'aime pas du tout. Et puis, elle sort d'où son Altesse Royale avec cette ambulance ? Lui, cette nuit, elle, ce matin. Ras-le-bol des

Jonas ! Elle s'immobilise, noyée dans ses réflexions, le moteur subitement à l'arrêt. Une statue de cire au musée Grévin, s'amuse Mylène.

- Bon, c'est là-haut je suppose, enchaîne-t-elle pour la faire redémarrer.
- Là-haut quoi ?
- La chambre où je vais loger, lance la jeune femme déjà dans l'escalier.
- Loger, loger, m'enfin c'est quoi ct'histoire ?

De fait, Angèle précipite ses cannes, grimpe quatre à quatre les marches dans tous ses états, fait face à la rousse aux cheveux en voile de madone qu'elle peine à reconnaître. La Joconde échappée de son musée !

- Humm c'est exactement ce que j'imaginais, on voit très bien de votre tour de guet, siffle Mylène en arrêt devant la fenêtre qui donne sur sa propre maison.
- Attendez, je ne comprends rien, miaule la vieille en secouant sa tête gris bleuté.
- Vous ne comprenez pas, vous pourtant si prompte à tout saisir ?
- Non, non, allez hein, arrêtez votre petit manège, pas de ça avec moi, et c'est quoi l'ambulance et votre lèvre là ? Vous avez reçu une dérouillée ?
- Ah ça, fait Mylène portant un doigt à sa lèvre violette, ce sont les dommages collatéraux de votre révélation. Une rupture. Un accident de voiture. Hé oui, mon mari a perdu sa femme, mais mes enfants ont bien failli perdre leur maman, pour toujours.

Bonne pour la ferraille, la petite voiture bleue. Mais faut croire que ce n'était pas mon heure.

- Ben j'y suis pour rien moi ! Se justifie Angèle, telle une enfant prise la main dans le pot de confiture.

- Non bien sûr, mais c'est quand même vous qui avez appuyé sur le bouton. Il est normal que vous aidiez à ma convalescence, en bonne voisine, en amie.

- C'est pas mes oignons ! Grogne, Angèle, la bouche en cul de poule.

- Ça, fallait y penser avant !

34

C'est fou le bien qu'ils lui ont fait. Il leur en est reconnaissant au point de vouloir tous les embrasser. Les serrer fort. C'est con, mais juste ça, les serrer dans ses bras, sentir leur chaleur, faire fondre le gel qui pétrifie ses chairs. Se rassembler. Il se souvient d'un reportage sur cette femme gourou indienne, Amma. Elle le fait pour des millions de personnes à travers le monde, elle les étreint contre sa poitrine. Un câlin, juste ça. Certains émus s'effondrent en larmes pouvant à peine parler, d'autres en sortent éblouis, apaisés, mais tous expliquent avoir éprouvé un bien-être incomparable et semblent rechargés d'un élément impalpable et fort : l'amour. Cette femme est une sainte, une sainte aux bras ouverts, voilà, juste ça, rien d'exceptionnel. L'offrande de son giron pour y accueillir chaque être humain qui en ressent le besoin. C'est fou, quand on y réfléchit. Un sas de décompression qui embrasse, aime, soulage. Un acte révolutionnaire ! Bon sang ! Les larmes lui viennent à nouveau. Il a ressenti un truc semblable aujourd'hui, il a ressenti leur empathie. Non, c'était bien plus, leur fraternité. Bon dieu, il en chialerait comme un gosse. Il en déborde de gratitude. On est une famille, une grande et belle famille. Je suis des leurs, ensemble, tous ensemble, une formule à la con, mais merde, là, elle prend tout son sens !

Ce matin il s'attendait au pire, craignait les quolibets, les railleries dans son dos. Il s'était dit qu'il ne tiendrait pas le coup, là non plus. Travailler dans ces conditions, autant tout envoyer balader. Il se tenait tapi dans son fauteuil et se voyait déjà ranger son bureau, mettre en ordre le courant, formuler une lettre de démission, l'imprimer, quand, aussi lumineuse qu'un soleil écartant les nuages après l'averse, Jeanine est entrée dans son bureau alors que des larmes brouillaient encore son regard :

- Bonjour Monsieur Jonas.
- Euh... Bonjour Jeanine.
- Je viens faire le point avec vous.
- Le point ?
- La visite de la direction, le 5 janvier.
- Oh merde, oui, j'avais oublié ! Souffla-t-il harassé.

Jeanine, elle, paraissait gonflée à l'hélium, au point que sa chevelure filasse avait pris en volume et son dos voûté, était redressé. Les situations désespérées il faut croire que c'est son truc, elles la galvanisent.

- En fait avant tout, nous voulions, nous tous, enfin tout le personnel, vous dire combien nous sommes soulagés d'apprendre que madame Jonas va bien. Plus de peur que de mal comme on dit. Et pour le reste, elle toussota, fit un geste de la main qui brassa l'air. Pour le reste, les choses s'arrangeront, c'est sûr.

Antoine en resta bouche bée, avalant l'air et les mots.

- Et, bon ben, sachez que nous sommes, tous, de tout cœur avec vous. Vous pouvez compter sur notre soutien.

La glotte tétanisée, il gobait leur compassion, s'abreuvait à cette source miraculeuse, en lapait la moindre goutte.

Jeanine le vit blêmir, elle pensa qu'il allait se trouver mal, elle enchaîna pour le distraire :

- Alors, oui… la visite de la direction…
- Ah la direction…
- On a déjà fait un petit briefing, entre nous.
- Ah oui ?
- Oui, oui, ça se met en ordre, ne vous inquiétez pas, on a pris l'affaire en main, tout va bien, une réunion est prévue entre midi et deux le 26, ça vous va ?
- Ah oui, oui, très bien.
- Allez ! Et comme on dit, à la guerre comme à la guerre. Enfin, vous me comprenez !
- Mmm...

- Hauts les... hauts les cœurs ! Finit-elle par lâcher le poing levé et les joues accrochées d'un rose qu'il ne lui avait jamais vu.

Elle a refermé la porte aussi doucement que s'il s'agissait de celle d'un malade à l'agonie. Il n'est pas près de l'oublier ce moment-là, qui lui a mis le cul à terre et des ailes dans le dos.

35

- Qu'est-ce que je fais ici ? C'est stupide, chevrote Mylène le regard perdu et la bouche plissée de dégoût face au décor de la chambre.

Un décor, sorti tout droit d'un film d'horreur des années quatre-vingt. Une armoire, énorme, en bois sombre et le lit qui va avec, celui d'un vieux, mort dedans, imagine-t-elle abattue. Il est bordé d'un couvre-lit gaufré, jaunâtre, sans doute doré au temps de sa splendeur. Sur le chevet dort une lampe de la même couleur, pisse mordorée, conclut finalement la jeune femme écœurée. Elle l'allume, et les franges de l'abat-jour soudainement réveillées tressaillent, des poussières virevoltent, chatouillent les narines. Elle éternue à plusieurs reprises. Sur les murs c'est pire, un papier peint, sans plus vraiment de teinte ni de couleur ni de forme non plus, des feuillages peut-être ou alors des algues. Mylène en rirait volontiers si elle n'était pas à deux doigts de fondre en larmes.

Cette chambre hors d'âge a plombé son moral, assassiné ses nouvelles convictions. Au fond, est-elle si certaine de se trouver sur la bonne voie, prête à emprunter un nouveau chemin ? Ainsi, sa rage lui aurait octroyé de nouveaux droits et même des libertés, fait le cadeau d'une ascendante froideur, offert une supposée supériorité sur Antoine et les autres ? Et si ce n'était que poudre aux yeux, miroir aux alouettes, leurres ? A-t-elle tenu les rênes une fois dans sa vie, même au temps le plus fort de ses listes et de sa prévoyance démesurée ? Une fois, une seule, a-t-elle imposé, a-t-elle dominé ? Des verbes qui n'ont jamais fait pas partie de son vocabulaire, des attitudes qui ne sont pas dans ses gènes. En deux pas, si elle le souhaitait, elle pourrait regagner son foyer, retrouver son cocon habillé de ses mains et surtout, sa famille. Merde, claque-t-elle, prête à vaciller, à tout lâcher, à y courir sans reprendre son souffle, à refermer la porte sur ces dernières heures. Tout oublier, serrer ses amours. Oui. Oublier. Pardonner, même. Reprendre le cours de sa vie comme si rien ne s'était passé. Faire comme si, comme le fait Lily lorsqu'elle joue à « On dirait que », sauf qu'elle, elle ne peut plus dire « on dirait que ».

Elle sait. Et ça la poignarde à nouveau. Un trou au milieu de la poitrine. Elle sait. Sa vue se trouble. Elle sait. Elle sait ce qu'elle fait là. Ce qu'elle fait chez sa voisine. Dépitée, elle balance nerveusement son sac sur le lit qui se creuse curieusement et tangue, une barque qui prend l'eau, songe Mylène.

Si seulement elle pouvait être, ailleurs.

On gratte à la porte, entre griffes et coussinets. Dans l'entrebâillement un museau de fouine apparaît, couine :

- Non, mais dites, vous restez pour de vrai ?
- Pour de vrai.
- Vous dormez chez moi, cette nuit ?
- Oui.
- Et, même les repas ?
- Même les repas, pension complète chère Angèle.
- Oh ! C'est pas un hôtel.
- Non, non, je le sais bien, vous me recevez en amie n'est-ce pas ? Néanmoins, rassurez-vous, je participe aux frais que mon séjour occasionnera. D'ailleurs que mangeons-nous ce soir ? C'est réveillon, vous savez ?
- Heu... moi le réveillon, c'est un bol lait et au lit.
- Ah.
- Je mange peu.
- Non, vous mangez mal. Qu'avez-vous de bon dans votre frigidaire ?
- Pas grand-chose…
- Hé ben hop ! On va y jeter un œil.

Curieusement ragaillardie, la jeune femme dévale l'escalier, file vers la cuisine, ouvre placards et frigo sous l'œil stupéfait de sa tueuse.

Mylène a repris la barre et le cap de la suite de ses idées.

36

Angèle chemine, maugrée tout son saoul, déverse sa bile, elle l'a mauvaise :

- Saleté de rouquine, débarquer chez moi quel culot, de quel droit ? Je vais porter plainte, vont voir de quel bois j'me chauffe les Jonas ! Elle s'incruste, lui défonce ma porte. Ah j'vais pas me laisser faire ! J'ai juste voulu rendre service, vl'à le remerciement.

La petite dame marche plus rapidement qu'à l'accoutumée, ne voit rien, ni personne, l'esprit embourbé dans cette histoire qui après tout n'est pas la sienne et dont elle fait partie intégrante à présent, malgré elle, enfin presque. C'est en longeant les grilles vertes puis le muret du cimetière qu'elle réalise que son Gérald est tout à côté, s'arrête comme pour y entrer puis se reprend :

- Non mon Gérald, pas aujourd'hui, quelle histoire, mais quelle histoire ! Otage, je suis l'otage de la pimbêche.

Elle traverse sans regarder, n'entend pas le Klaxon furieux de l'automobiliste qui a bien cru la retrouver sur son capot. Elle lâche des insultes entre ses dents, fait siffler sa langue de vipère :

- Psst ! Quelle mal élevée !

« Mais vous n'avez rien dans votre frigo, vous manquez de tout, pas étonnant que vous ayez cette mine épouvantable. Le lait c'est bon pour les enfants. Il faut faire les courses ! Pensez aux carottes, cela fait les joues roses et rend aimable » se remémore Angèle, piquée au vif, mimant les remarques déplaisantes, voire déplacées, de sa voisine. Elle dodeline de la tête, n'en revient pas, la pimbêche qui lui fait la leçon et même une liste d'achats pour le repas du soir, ordonnant d'un ton sec : « et pas un mot à mon mari ni à qui que ce soit, vous ne m'avez pas vue, compris ! » Gna gna gna et gna gna gna... niakikecesoikompris... Je n'ai pas cinq ans, aurait bien rétorqué Angèle, si au fond du fond de sa vieille caboche n'émergeait pas un truc gênant, un ongle incarné qui titille, lancinant, un peu, pas trop, mais quand même, qui dit, « coupable ».

Les portes du supermarché s'ouvrent sur une cacophonie d'annonces publicitaires et musicales, un décorum multicolore et lumineux, sur les ragots du canton et les malheurs probables des uns et des autres. Mais, aussi incroyable que cela puisse paraître, et pour la première fois depuis des lustres, Angèle Hazard n'en a que faire.

Elle s'en fiche comme de sa première culotte.

Vrai de vrai.

37

Son cœur galope. De l'étage où elle est postée, Mylène a une vue plongeante sur sa maison. Elle frissonne glacée, raidie d'anxiété, le front collé à la vitre et le téléphone vissé à l'oreille. Ça sonne.

- Allô, lance la voix ronde de Teresa telle une envolée de ballons en plein ciel.
- Comment ça se passe, ils vont bien ? Demande la jeune mère, de la sienne de voix, blanche et tuée.
- Oui très bien. Euh… une seconde s'il vous plaît. J'arrive Martin, je parle au téléphone avec une dame, commence sans moi, sors la pâte à modeler, commande-t-elle rassurante et ferme.
- Ah c'est atelier pâte à modeler, il adore, accorde Mylène souriant pour elle-même, rassurée, apaisée par l'image qui lui vient. Et Lily, elle pose des questions ?

- Pas vraiment, mais elle tend l'oreille, elle dessine pour le moment.
- Ah ok. Alors, on s'en tient au déroulement prévu, vous êtes bien installée ?
- Oui très bien, je vous remercie.
- Bien, répond la maman subitement mal à l'aise, l'œil crocheté à la cuisine pourtant déserte, déroutée à l'idée que son nerf optique soit devenu le cordon ombilical qui la rattache à ses enfants.

Ils jouent à l'étage, sous le regard de leur nounou-providence, mais il lui est inutile de les voir finalement, elle les imagine très bien, elle les connaît tellement. La chair de sa chair. Son fils qui ouvre les pots jaunes, sort la pâte à modeler sans mélanger les couleurs, il n'aime pas mélanger les couleurs, il secoue la pochette qui contient les ustensiles, les fait tomber en vrac sur la table, pour couper, rouler, aplatir, la langue sur le menton dès qu'il triture la matière.

Sa fille, sérieuse, appliquée, assise à ses côtés, la trousse Hello Kitty ouverte devant elle avec tous les feutres. La fillette marque un temps d'arrêt, choisit une couleur, replace d'un revers de main la mèche de ses cheveux qui, toujours, lui tombe sur le nez, dessine une maison, un arbre, un soleil, un arc-en-ciel et une petite fille aux bras longs avec des couettes et des taches orangées sur le nez. Un dessin qui finira, comme la dizaine d'autres sur la porte du frigo, tenu par un aimant en forme de cœur, de tortue ou de toucan, ou bien alors scotché de travers, à la porte de la chambre.

Si j'étais morte, se torture soudainement Mylène, la vie aurait continué comme ça, mais sans moi. Une vision, insupportable, qui lui brûle les yeux.

- Madame ? Vous êtes toujours là ?
- Oui Térésa.
- Ne vous faites pas de souci, tout va bien.

Mylène a raccroché.

Oui, tout va bien se dit-elle, le cœur en morceaux.

38

Il est resté cloîtré une partie de la journée, au sommet de sa tour d'ivoire, sans l'envie de se montrer, paralysé par un sentiment de honte mêlé à une espèce de mise à nu. Comme si désormais aussi transparent qu'un verre en pyrex, tout le monde voyait à travers lui, avait connaissance de la plus intime de ses pensées, captait instantanément le moindre de ses mouvements. C'est à peine s'il ose se gratter les couilles ou aller pisser, de peur que cela soit mal interprété, voire affiché sur les écrans publicitaires de la ville. Antoine est resté là-haut, en bras de chemise, à attendre, raide comme la justice, tel le mauvais sujet qui essaie de se racheter une bonne conduite.

Des heures emboîtées.

Bizarre, s'étonne-t-il au bout d'un temps infini, perdu, aucun accro majeur, tout se passe plutôt bien pour un 24 décembre, personne pour râler, personne pour se plaindre, personne pour réclamer. À moins, qu'on ne le tienne en quarantaine, à moins, qu'on veuille le préserver ? Cependant, un tohubohu indicible monte des allées, des vagues entremêlées de voix et de chants de Noël. Il la connaît par cœur cette marée, humaine et inhumaine, accrochée de Caddies, qui monte et descend, sature le magasin à en donner la gerbe. Elle grouille, s'immisce partout, se marche dessus, se bouscule, se passe devant, s'engueule, se sourit parfois, et fait la queue à la poissonnerie, à la boucherie, au service traiteur. Oui, il la connaît bien, cette marée de clients, au point qu'elle titille l'âme commerciale du bonhomme, chatouille les épaulettes du manager, stimule la conscience organique du boss. Au point de lui donner l'envie de s'y baigner, une fois encore. Pourtant, il imagine tous ces visages qui d'un coup se tournent vers lui, accusateurs, le magasin entier qui le montre du doigt et un nœud lui serre le bide. Un nœud, là, sous les côtes, au niveau du sternum, vers ce que l'on nomme le plexus solaire – solaire - le sien de soleil a pris la fuite, alors…

De toute façon, Antoine ne les verra pas, il ne verra personne, il ne voit plus rien, sa vue se trouble régulièrement de larmes qu'il refoule en permanence et qui obstinées, reviennent. Mauvais mari. Mauvais père. Mauvais directeur. Quelle sorte de chef est-il, lui qui se terre, malgré le soutien de ses collaborateurs ? Il leur doit bien de faire acte de présence, surtout en cette fin de journée harassante. Il doit se montrer, se confronter au jugement. Assumer. Même si tout le monde sait, même si toute la ville se gausse, même si les enfants le zieuteront effrontément, des monstres souvent les enfants. Il doit se jeter à l'eau. Affronter la foule. Après tout, seul le premier pas coûte, il le sait. Cela lui rappelle son tout premier saut du haut du grand plongeoir de la piscine municipale de son enfance. La trouille aux tripes. Les yeux des copains braqués sur lui. La voix de stentor du maître-nageur braille encore dans sa mémoire : « Allez vas-y ! saute mon gars ! » Il avait sauté, n'en était pas mort. Alors, il s'élance. Un pas, puis deux et hop, il dévale l'escalier comme s'il entrait sous l'eau, la respiration coupée. Tout va bien, il sort la tête, un bras puis l'autre, en une brasse coulée qui fend la foule. Cependant personne pour le dévisager, personne pour le montrer du doigt. Il respire à nouveau. L'indifférence totale. Chacun dans sa liste d'achats est pressé d'en finir, passer en caisse et rentrer chez lui. Chacun dans sa vie. Chacun à ne pas voir l'autre, ou presque.

C'est le chapeau qui attire son attention. Un gris taupe. Moche. Et les mèches bleutées, qui en sortent. Elle est petite, mais c'est elle. La vieille. C'est plus fort que lui, il fonce comme un bélier, les mâchoires serrées de rage.

- Espèce de sale pie, mord-il le ton glauque, la bouche mauvaise au plus près du lobe d'oreille fripé, et le torse moulé au dos voûté d'une Angèle, aussi surprise que si elle avait été arrêtée par une horde de gendarmes, la main dans le sac. Elle aurait pu se pisser dessus.

À bien y regarder, cela fait d'eux un genre humain d'âge incertain et à deux têtes. La prise au collet voudrait se laisser choir qu'elle ne le pourrait pas, une poigne lui enserre le bras aussi fermement qu'un rapace retient sa proie. Elle ne reconnaît pas son agresseur sur le champ, tant le timbre de la voix est sombre et dur, c'est lorsqu'il dit : « Soyez maudite pour vos jours à venir. Sans vous, Mylène ne serait pas partie », qu'elle réalise et reprend ses esprits.

- Hé bas les pattes Jonas, vous déraillez !

- Aïe, couine soudainement l'assaillant en grimaçant, percuté par un vilain coup de Caddie dans les reins qui sonne la fin du combat, mettant un terme à cet étrange accouplement. Antoine lâche prise malgré lui, pivote inconsidérément sur lui-même. Tout à sa lutte, le duo obstruait le trafic et une grosse dame en doudoune kaki, qui manœuvrait difficilement son chariot, y a mis bon ordre, excédée. Non, mais ! Le directeur a fait volte-face, aplati contre le rayonnage, les bras par-dessus la tête.

- Allez-y madame, je vous en prie.

La tortue Ninja grommelle :

- Ce n'est ni le lieu ni l'heure pour taper la discute.

- Bien sûr, bien évidemment, dit-il confus.

Et, merde ! Quand il se retourne la vieille chouette a pris la poudre d'escampette. Il a beau courir comme un damné de rayon en rayon, se hisser sur la pointe des pieds, faire le tour des caisses. Angèle s'est bel et bien fait la malle.

- Pas grave, tu ne perds rien pour attendre, tu me le paieras, grogne-t-il hagard, à bout de souffle, devant les portes automatiques de l'entrée, les poings posés sur les hanches, les sangs échauffés par cette course-poursuite. Puis, comme si cet impromptu venait de le relier à la réalité, il conclut, ragaillardi : allez au boulot, le dirlo est de retour !

Et, c'est en homme presque apaisé qu'il reprend le travail.

39

Quand même, la désillusion lui a bien dévissé sa bobine de péquenaud. Y'a pas à dire, la déveine donne du chien. Pour un peu, elle ne l'aurait pas reconnu tout à l'heure, en bras de chemise, la mine sulfureuse, la lèvre écumante de rage. Et, quelle poigne, mazette ! Moi qui le prenais pour un mou du genou. À bien y regarder, elle aussi, faut l'avouer, a pris de l'allure. Le dos plus droit, le visage plus digne. Avec son teint translucide et ses cheveux sans attache qui coulent leurs reflets roux sur ses épaules, Angèle lui trouverait presque un petit quelque chose d'une prêtresse grecque.

Ben, ils devraient m'en être reconnaissants, c'est mon œuvre après tout ! Elle réprime un soupir de satisfaction, revoit en gloussant, sa course effrénée pour sortir du supermarché, le filet à provisions battant ses mollets de coq. Elle n'a ralenti qu'une fois le parking passé, haletant telle une vieille mule. Mais bon dieu que c'était bon. Dans ses artères le sang pulsait, bouillonnait. La vie en mieux. Et pis, ct'impression étrange d'être bien au-dessus de la mêlée, d'avoir gagné l'impunité. Comme dans ce jeu à la télé !

Face à elle, sur la chaise en Formica, Mylène absorbe lentement sa soupe. Ses lèvres s'entrouvrent délicatement sur la cuillère de liquide. Près du bol, son poignet gauche se pose à peine, il effleure la toile cirée, les doigts en envol battent le mouvement d'une mélodie muette. Un papillon, on dirait un papillon, ricane pour elle-même la voisine aux cheveux gris-bleus. Pouah, tant de grimaces pour laper sa pitance. Elle en fait des simagrées ! Angèle, elle, boit à même le bol, le nez dans le potage. C'est efficace et rapide.

- Vous n'aimez pas la soupe en brique ?
- Heu, si, si, mais rarement en plat principal du réveillon de noël, c'est une première.
- Ben ça…
- Que s'est-il passé tout à l'heure, au supermarché ?
- Ah vous me fatiguez.
- Angèle !
- Allez plutôt questionner vot' zozo !
- Tss-tss, siffle Mylène.
- Il m'a maltraitée si vous voulez savoir, arrivé par derrière, sournois et méchant comme jamais vu !
- Et qu'a-t-il dit ?
- Oh j'sais plus.

Les mains noueuses balayent l'air confiné de la cuisine.

- Si vous savez ! Que vous a dit Antoine ?
- Il m'a traité de, de vieille pie.
- C'est mérité.

La large bouche s'arrondit.

- Et ?
- J'ai oublié.
- Pas à moi Angèle, vous êtes rentrée sans un seul achat, les joues en feu !
- Ah, vous commencez à me fatiguer les Jonas avec vos grands airs.
- Allez, continuez !
- Il a dit un truc comme quoi vous étiez partie.
- Cela ne veut rien dire, c'est incomplet, vous le savez bien.
- Oh hé, je ne suis pas à l'école, mollo hein !
- Angèle je ne lâcherai pas.

C'est vrai qu'elle a changé la garce. Elle ne va pas me lâcher. Oh pis après tout…

- Il a dit texto : « soyez maudite pour vos jours à venir, sans vous Mylène ne serait pas partie. » Voilà.

Ainsi Antoine a compris. Il sait d'où vient la fuite. Tant mieux. Ce sera plus excitant demain. Quelque chose de l'ordre du réconfort est monté du ventre vers la poitrine de la jeune femme. Une impulsion légère, chaude, électrique. Le souvenir proche de l'homme dont elle connaît le charme absolu quand il est sous l'emprise de la colère. Ses yeux virent au vert sombre et s'étirent. Ses pommettes se tendent et creusent son visage. Mylène secoue un frisson, s'en veut de cette vision.

- Ce n'est pas faux, chère Angèle. Grâce à votre valeureux service, j'ai su.
- Ah voilà, comme vous dites, j'ai eu raison !

Mylène repousse le bol de sa soupe tiède, se demande si sa voisine perçoit l'ironie ou si elle se cache derrière une sénilité précoce.

- Au fait, qu'avez-vous fait du panier garni offert par le supermarché ? Potage et yaourt, c'est digne d'un repas d'hôpital.
- Ben justement, je l'ai laissé à l'hôpital.
- Oublié ?
- Non, non, offert. Au personnel. Pour leur réveillon de garde, pour les remercier.
- Vous, Angèle Hazard, un acte de pure bonté, une contribution charitable au Noël du personnel soignant, hum… Un geste qui vous honore, s'amuse la prêtresse grecque.

Angèle n'a cure de ce que pense la pimbêche. C'est bien vrai, elle l'a laissé aux infirmières. Elle se fiche éperdument du foie gras, ananas et autres conneries offertes par ce jeune con. Elle n'est pas du genre qu'on achète avec des bulles et un bouquet de fleurs. Son cadeau, son trésor, son Graal, ce jour-là, était bien au chaud, dans son sac. Un petit carnet, rouge, qui attendait son entrée en action, sa mise en pâture.

Et, faut les voir pour les croire, les chambardements qu'il a engendrés !

Au fond, c'est juste la vérité, rien que la vérité, révélée au grand jour, se réconforte Angèle qui, en cette nuit de Noël, s'octroie une validation qui ressemble à une absolution.

À bon entendeur, salut !

40

25 décembre – Noel

Une lionne et une souris.

C'est ce que doit penser le quidam qui voit passer d'une maison à l'autre, au petit matin de ce 25 décembre, Mylène et Angèle, en procession dans la lueur des réverbères. La grande, devant, la petite, derrière.

La première, altière sur ses hauts talons, magnifique dans sa robe de mousseline noire resserrée à la taille, un châle vert tendre sur les épaules où flamboie sa crinière. La seconde, emmitouflée dans un gilet en grosse laine grise, et le chapeau cloche enfoncé jusqu'aux oreilles par crainte des courants d'air, ou celle d'être reconnue. L'une et l'autre ont mal dormi. Mais Angèle est là, à suivre et à raisonner sur ce qui l'a poussée à accepter « le deal », comme l'a appelé la pimbêche, « parce que vous me le devez bien », qu'elle a ajouté.

Non, non, en fait Angèle est là par curiosité malsaine. L'envie indéniable de jouir, au plus près, de la trombine qu'il va faire, l'autre. La jouissance de se trouver en première ligne du conflit. Le plaisir de les regarder s'assassiner en direct, pouvoir dire j'y étais ! Voilà les véritables raisons. La rouquine pense mener le bal, hé bien tant mieux, rira bien qui rira le dernier ! Mylène quant à elle, a passé sa nuit de réveillon assise derrière la fenêtre du haut, pelotonnée dans la couverture à bouloches, les genoux sous le menton, à couver sa maison du regard jusqu'à n'en plus pouvoir, jusqu'à ce que les yeux lui en tombent, à veiller ses petits endormis dans cette nuit de Noël tellement particulière, à attendre le ciel rosé de l'aurore, la gorge nouée. Teresa l'a rassurée, ils vont bien, se sont couchés tôt avec la folle gaieté d'enfants qui savent que demain le père Noël sera passé. Et qu'une belle surprise les attendra.

- Maman ! a lancé Lily, sûre d'elle.
- C'est possible, a répondu Teresa, mais il vous faut être très sages et dormir très vite.

Les enfants voyageaient déjà au pays des rêves quand leur père est rentré. Mylène a pu l'observer longuement du haut de son promontoire. Être avec lui, en n'étant pas auprès de lui. Un état stupide. Un abus de pouvoir. Mais elle n'a pas lâché. Il n'a rien mangé, mais a bu, beaucoup. À un moment, il est allé coller son visage à la baie vitrée, puis comme si sa tête devenait folle il l'a prise entre ses mains et a pleuré. Longtemps. Tout seul. Debout, face à la béance sombre du jardin enroulé dans la nuit. Mylène n'avait jamais vu cet homme, le sien il y a peu encore, verser des larmes comme celles-là. Et ça lui a fait du bien. On aurait dit qu'il expiait.

Ainsi, en ce petit matin de Noël, c'est Teresa l'air conspirateur et les yeux gonflés de sommeil qui leur ouvre la porte. La porte du domicile des feus époux Jonas, ricane la suivante chapeautée, en son tréfonds. La nounou chuchote un bonjour à la volée, reluque la souris grise, rassure d'un signe de tête la maman, les enfants dorment toujours. Il n'est pas 7 heures, Mylène sait pourtant qu'elle dispose de peu de temps pour tout mettre en place, ses petits sont des lève-tôt. Elle fonce vers le placard où depuis des semaines déjà les jouets attendent emballés. Elle évite l'affectif. Elle évite de laisser traîner son regard. Les chaussures là dans un coin, cette veste au porte- manteau, la photo encadrée d'eux quatre, elle évite. Ne pas faillir. Ne pas se laisser déborder. Elle est mécanique, déterminée, précise. Elle est la nouvelle Mylène. Elle ôte son châle, garnit le pied du sapin des cadeaux, file vers la cuisine où elle doit encore fourrer le chapon, pétrir la pâte des biscuits et faire que cette journée de Noël, soit une véritable journée de Noël. C'est bizarre, elle respire. Elle respire, à nouveau.

Angèle ne pipe mot, s'ennuierait presque dans ce décor aseptisé où elle ne sait où poser la fesse. Ah, la pimbêche a retrouvé son toit, ses marques, elle a repris des couleurs et sa face niaise. Angèle attendait l'odeur du sang, voilà que c'est celle de l'encens qui flotte dans la masure et bientôt celle de la dinde. Misère qu'est-elle venue faire dans cette galère ? Oui, enfin, façon de parler.

- Asseyez-vous donc, ordonne la maîtresse de maison, on dirait que vous attendez l'autobus !

Térésa, parfaite en aide de camp, anticipe chaque besoin du chef, ici le sel et le thym, là le sucre et la farine. Enfourne dans le lave-vaisselle, sort un saladier, épluche les légumes.

La tête de Mylène est vide, ses mains sont lestes, son cœur bizarrement léger.

41

C'est un brouillard, opaque, mélangé à des bruits de fond et des odeurs. C'est entêtant, curieux, cela tire Antoine d'un sommeil profond, antédiluvien, l'oreiller de sa femme sous lui, la langue en carton-pâte collée au gosier, et une boule de bowling qui, dans son crâne, décanille toutes les quilles et recommence, strike sur strike, la salope ! Bordel, il s'est couché tout habillé une nouvelle fois imbibé d'alcool, faut que cela cesse, boire ne lui ressemble pas. Au loin une sirène ou quelque chose du genre achève de lui marteler le ciboulot. Il frissonne, la morve au nez, il s'est chopé la crève en plus, c'est bien le moment. Et la sirène reprend. Celle des pompiers on dirait. Se rapproche. Bordel de bordel.

- Au feu au feu, braille Martin !

En un dixième de seconde, Antoine est sur ses pieds, déjà dans l'escalier, la tronche en biais et le reste en vrac.

Pin-pon, pin-pon… Bordel ! Et c'est son fils qu'il trouve sur sa route risquant de le faire chuter, assis sur l'une des marches, le sourire angélique, manœuvrant un camion rouge, toutes sirènes dehors… Pin-pon, pin-pon…

- Regarde papa, le père Noël est passé !
- Mmmm… Faut pas jouer là Martin ! J'aurais pu…
- Pin-pon, pin-pon pin…

Mais ce n'est pas ce spectacle qui arrête Antoine. Non. Ce qui le stoppe net, suspend ses gestes et sa respiration, aspire le sang de ses veines vers les ventricules de son cœur. C'est ce parfum flottant. Oh pas la délicieuse odeur de cuisine. Non. C'est cet effluve léger. Cette fragrance à nulle autre pareille. Cette explosion de fleurs. Ce rayonnement sensuel. Son parfum, c'est son parfum à elle. Il alerte toujours de sa présence, plane derrière son passage, irradie de chacun de ses gestes. Un électrochoc ! C'est comme si son cœur en trop-plein s'arrêtait de battre. Comme si la terre s'arrêtait de tourner. Puis sa voix comme un miracle. Sa voix dans la maison. Elle dit :

- Martin mon chéri, ne joue pas dans l'escalier.

Antoine en dégringole les marches. Face à face. Enfin presque. Lui, statufié, hirsute et miséreux. Elle, splendide, fraîche et princière. Sans voix, il est resté sans voix. Elle, sans un mot pour lui.

Du pommeau de douche lui coule une eau bénite, il en est convaincu, les yeux au ciel, et pour un peu, un genou à terre, résolu à prêter allégeance au roi des rois, à décider de vivre dans la sainteté. Merci mon dieu, merci. Elle est là. Elle est là. Un miracle. Remercier. Demander que dure la grâce. Dire qu'il ne recommencera plus. La vie est lumineuse. Le bonheur évident. Rescapé d'un crash terrible. Il a la vie sauve. Elle est là.

Face à elle, il s'est vu idiot, dégueulasse de nuit et puant l'alcool. En deux enjambées il était dans la salle de bains débarrassé de ses oripeaux, nu comme un vers sous les trois jets en pluie chaude, pour le baptême, muant de sa peau de petit con. Frotter, en sortir lavé, qu'elle comprenne, aucune trace de doute. Il l'aime, il l'aime, il l'aime à en devenir fou.

Devant le miroir, il enfile, enlève, enfile encore ! Pull. Chemise. Pull. Il se trouve moche. Mal foutu. Trop maigre là. Trop gras là. Il va reprendre le sport. Des abdos, il lui faut des abdos, et des pectoraux aussi. Elle est si belle dans sa robe noire. Il a seize ans. Ses mains tremblent. Il a froid. Il a chaud. Il a hâte. Non. Il a peur. Elle n'a rien dit. À peine si elle a levé les yeux. Lui n'a plus vu qu'elle. Ne voit plus qu'elle. Ne pense plus qu'à elle. Dans sa poitrine un vacarme terrible et une joie sans pareil.

Elle est là.
Et puis, plus rien. Une porte qui se referme et le silence assourdissant. Occis pour de bon. Seul, dans sa cellule. Il vient d'en prendre pour perpète, assis au bord du lit conjugal, dans le Schwarz complet, les bras ballants, vidé, les tripes sur le tapis. L'œuvre d'un horrible cauchemar,

il va se réveiller bon sang ! Glacé à l'intérieur. Zéro absolu. Congelé à l'hiver du désamour. Il ne reprendra vie qu'au soleil de sa douce, comme ces petites grenouilles des bois, qui, à l'approche de l'hiver, congèlent, pour décongeler au printemps. Voilà ! Il est l'un de ces amphibiens. Ils ont tout compris. Il ne renaîtra que sous la chaleur des baisers de sa femme. Elle était là.

Et puis, fttt, elle s'est envolée, dans un frou-frou de mousseline. C'est à devenir fou. En tout cas, il a bien cru le devenir, fou, quand il a vu la vioque, assise sur son canapé. Il aurait dû aller l'écraser comme une mouche à merde. Il a même dû supporter sa face de vieux clown assise à sa propre table un 25 décembre, de quoi s'en manger l'estomac. Il a dû se contenir. De toute façon il n'a pas eu le choix. Elle a bel et bien retourné le cerveau de sa femme. Mylène a tiré son mari par l'épaule de son cachemire bleu nuit. Elle a dit : « suis-moi ». Ils sont entrés dans la salle de bains, encore moite de sa douche. À nouveau partager le même espace, respirer le même air. Il aurait pu vendre père et mère pour ce moment-là.

- Oh Myl…
- Ah non pas de ça ! En chuchotant elle a élevé une main en barrage, les yeux étirés de colère jusqu'aux tempes. Ne te trompe surtout pas, a-t-elle ajouté, si je suis là aujourd'hui c'est uniquement pour les enfants, rien que pour les enfants.

Lui a affiché sa mine de benêt. En fait, il n'était pas certain de tout saisir, mais prêt à dire oui à tout, pourvu qu'elle reste, pourvu qu'elle reste. Il a quand même osé questionner :

- Que fait la vieille… la voisine ici ?
- Elle m'héberge pour le moment.
- T'héberge pour le moment ? Tu veux dire que tu étais là, à côté, tout ce temps ?

Les yeux d'Antoine en sont sortis de leurs orbites.

- Mais enfin ma chérie… tu t'es laissé abuser. Elle est mauvaise comme la peste, sans elle…
- Je ne serais pas partie, c'est ce que tu veux dire sans doute ? Rectifions, sans elle je n'aurais pas appris. Ce qui pour toi fait une énorme différence, n'est-ce pas ?
- Mylène, pardon. Si tu savais !
- Trop facile, bien trop facile ! Alors étape 1 : nous allons passer une belle journée de Noël, Térésa, madame Hazard, les enfants, toi, moi, comme des gens normaux. Étape 2 : ce soir, je rentrerai chez la voisine. C'est provisoire, le temps de trouver où m'installer et emmener les enfants avec moi.
- Non. Ce n'est pas possible. Tu ne peux pas me faire ça.
- Pardon ? J'ai mal entendu. Et toi, sais-tu ce que tu m'as fait ?

Elle s'apprêtait à quitter la pièce, furieuse, sans autre forme de procès, quand dans un élan puéril et maladroit, il a sorti le petit paquet, enrubanné, qui gonflait la poche de son pantalon.

- Joyeux Noël.

La jeune femme a levé les yeux au ciel, lui a arraché le paquet des mains, et claqué la porte.

- Tenez Angèle, joyeux Noël, pour vous de la part de mon mari, a-t-elle déclaré, royale, en rentrant dans le salon.

Le paquet a tournoyé dans les airs avant d'atterrir sur les genoux de la logeuse, ébahie.

42

- Mazette, y'a pas à dire il est doué en cadeau, vot' zozo !
- Ça va, gardez votre ironie pour vous, supplie Mylène, fatiguée.

Les doigts noueux d'Angèle balancent une chaînette blanche à maillons ronds et un superbe pendentif, un caillou translucide et facetté. Cet ensemble si bien assorti, à cette heure avancée de la soirée, et sous la lumière jaunâtre du plafonnier de la cuisine en Formica d'Angèle, a quelque chose d'incongru. On dirait le butin d'une rapine.

- Ça brille ct'affaire là !

La vieille dame replace le tout dans son écrin, replie soigneusement dans ses plis l'emballage et le large ruban rouge autour, le fait glisser sur la toile cirée. Reprenez ça, c'est à vous !

- Reprendre ? Non. Il est à vous, bonne nuit.
- Dites, c'était aux petits oignons, je me suis amusée chez vous.
- Tant mieux.
- C'était drôle, vos têtes, bon j'aurais préféré sans vos loupiots, ils sont casse-pieds et bruyants !
- Vous n'arrêtez jamais ?
- Quoi ?
- La méchanceté. Vous n'avez donc aucune once d'empathie en vous.
- Pour quoi faire ?
- Je vous plains sincèrement.

Angèle glousse.

- Pourtant il va falloir vous habituer à leur présence.
- À quoi, qui ?
- Aux enfants.
- Ah ben ça, non.
- Si, si. Lily et Martin savent à présent que pour voir leur maman, c'est ici, et autant de fois qu'ils le souhaiteront.
- Ah ça, ça va pas être possible, vous avez la cafetière qui boue, ma parole ! Je suis chez moi, j'invite qui je veux. Enfin, presque !
- Pour rappel, votre méchanceté a bien failli me tuer.
- À d'autres. Ce n'est pas moi qui conduisais. Et pis, j'appelle les gendarmes si ça continue.

- Ah oui ? Et pour leur dire quoi ? Que vous avez volé un petit carnet confidentiel l'autre nuit au supermarché, que vous n'êtes pas l'honorable vieille dame à l'œil en frise coquine dont parle le journal ? Je poursuis Angèle ? Ou cela suffit ?
- Garce ! Éructe la prise à son propre piège, frappant du plat de la main, la toile cirée.
- Enfin un mot gentil. Bonne nuit. Dormez bien.

La jeune femme est épuisée. La rupture avec Antoine. Les palabres avec Angèle. L'énergie déployée pour offrir aux enfants une journée de Noël zéro défaut. Elle a bataillé sur tous les fronts, armée de rancœur, soulevée d'amour pour ses petits. Mais elle doit reconnaître que ce caractère combatif, jusqu'ici méconnu, ne lui est pas inné.

« Chasse le naturel il revient au galop » lui répondrait sans aucun doute sa mère, elle qui sort à tout propos, ce genre de petites phrases toutes faites, ces proverbes ancestraux, ces trucs de vieilles femmes, genre : « on ne fait pas d'omelette sans casser des œufs » ou « tant va la cruche à l'eau qu'à la fin elle se casse ». Des trucs qui agacent particulièrement sa fille.

Elle les sent arriver, sa mère sourit la bouche en coin, cligne des paupières, prend un air fataliste et supérieur, Mylène la coupe d'entrée : « c'est bon maman, je sais ! » Parfois ça parle de la météo et des éléments qui s'y rattachent : « Noël au balcon, Pâques au tison » et Mylène soupire, exaspérée.

Pourtant, il faut reconnaître que ces mots naïfs, ne sont pas dénués de sens ni de vérité, on le constate. Il lui est arrivé de se peler au mois de mai comme au plus fort de l'hiver ; « Normal, répond sa mère imparable. Ce sont les saints de glace ». Ainsi quand Angèle lui a lancé, au sujet de la fin du monde prévue, « la peur n'évite pas le danger », son échine avait tressailli. Faut bien reconnaître que la suite des évènements ne lui a pas donné tout à fait tort. Ce soir, elle donnerait cher pour se caler entre ses parents, renifler leur odeur. Chacun sa vie depuis qu'elle a quitté le giron familial. On se voit aux fêtes, aux anniversaires. Et encore, en décalé. Il y a comme un vide, un trou dans la chaîne qui ne se remplit plus. Ses parents lui manquent, ce temps où un bobo se soignait d'un peu de rouge et d'un baiser soufflé. L'innocence. L'insouciance. On grandit, mais on ne quitte jamais tout à fait l'enfance.

Mylène jette un œil à la vidéo qu'ils ont postée de leur lointain paradis. Chemises bariolées, chapeaux de paille, la peau tannée au possible et le sourire aux oreilles. On dirait des cacatoès, soupire-t-elle avec tendresse. « Joyeux Noël les chéris, des bisous d'amour la petite famille, à bientôt Lily et Martin. Papi et mamie ont vu le père Noël, ils ont de belles surprises pour vous. »

Ô maman, papa, si vous saviez, que me diriez-vous ? Je suis perdue, vraiment perdue.

La literie n'est plus un problème. Mylène s'y effondre, avalée par le sommeil. Quand elle rouvre les yeux elle a nidifié en position fœtale au creux du matelas déformé, la lampe de chevet toujours allumée, le téléphone encore dans la main, 2 : 03, indique-t-il sans complaisance. Deux heures du mat. Autant dire une nuit à tuer, elle retient un sanglot.

Dans la chambre règne un froid de gueux. Frigorifiée de la pointe des cheveux aux gros orteils, l'humidité des draps lui est rentrée jusqu'à la couenne, la couverture à bouloches n'a aucun effet. Elle enfile une paire de chaussette, un pull, palpe le radiateur, à peine tiède. En plus d'être méchante, elle est pingre. Mylène ouvre la grosse armoire en quête d'une autre couverture, d'un plaid, elle grince sur ses gonds et la jeune femme frissonne.

Des draps jaunis. Des serviettes amidonnées. Une odeur écœurante de naphtaline et de lavande qui ne sait même plus sous quel soleil elle a fleuri, mêlée à celle de vieux, de jamais aérée. Côté penderie, quelques robes hors d'âge, deux costumes et trois cravates comme des pendus oubliés. Un inventaire mortuaire.

Mylène atteint l'étagère du haut, hissée sur la pointe des pieds, tâtonne à l'aveugle, rencontre le ouaté perturbant d'une toile d'araignée… puis, bute.

43

- Nom de Zeus ! Jure Angèle.

Cela prend des proportions qui la dépassent. Et avec ça pas moyen de dormir, elle rumine à se faire monter la tension. Prise d'une suée, elle repousse l'édredon sur ses pieds. Même l'oreiller ne veut pas se placer comme à l'accoutumée, elle l'enfonce de deux coups de poing bien sentis. C'est foutu elle ne fermera pas l'œil de la nuit. Ah, ils vont avoir ma peau les Jonas. Et pis, de savoir la mijaurée couchée dans la chambre d'à côté, ça lui donne des boutons. Elle n'a pas le droit d'investir ma maison, mon quotidien. Otage, voilà ce que je suis, un otage. Ça ne peut pas durer. Et les mioches en plus maintenant. Ah non, non ! Ils m'ont horripilée toute cette sainte journée. J'en ai les oreilles meurtries de leurs « Pin-pon, pin-pon, vroum, vroum, vroum, mon beau sapin roi des forêts, petit papa noël ». C'est au-dessus de mes forces. Et pis collants avec ça : « Madame Hazard, tu chantes avec moi ? » Non, Madame Hazard ne chante pas, petite merdeuse. C'est vrai que la tête du père valait le déplacement. Il ne la ramenait pas devant sa rouquine. Son regard m'a assassinée deux ou trois fois, c'était irrésistible de drôlerie. J'ai bien senti ses pieds chercher mes tibias sous la table, ça lui aurait fait plaisir de m'envoyer un bon coup. Mais STOP, y'a plus rien à voir, terminée la récréation, dehors la bêcheuse et ses rejetons.

Angèle, calme son courroux par l'image très nette du départ de sa voisine avant de s'assoupir enfin, rêvant qu'un oiseau de proie enlève les enfants et leur mère, les emmène loin, très loin.

Pourtant, elle n'en a pas terminé avec la famille voisine. La vieille dame a tourné une clef, ouvert une porte.

44

26 décembre

- Petits, petits, petits ! Venez la volaille !

La voix dans les suraiguës détonne au beau milieu du carré de jardin au repos de l'hiver. Un vent frais tourbillonne, les hautes branches de la futaie claquent entre elles. Des nuages bombés d'eau glissent lentement dans un ciel bâché de gris.

La météo du jour a annoncé des averses sur la région. Angèle lève le nez, faudrait pas que l'humidité vienne lui gâcher sa mise en plis. Il n'est pas loin de 10 heures, et comme chaque jour elle déchiquette précautionneusement la croûte des tartines de son petit déjeuner. Son obole, aux oiseaux du quartier. Sa contribution modeste à leur disette saisonnière. Et la pimbêche qui la trouve pingre, franchement ! Certains sont déjà là, sautillent fragiles, à la fois peureux et effrontés, happent une miette, s'envolent leur butin au bec, disparaissent dans la haie. Angèle adore les voir se disputer ses restes. Les moineaux ne la dérangent pas, mais elle déteste les hirondelles. Ah celles-là, elles reviennent avec le printemps, passent et repassent par-dessus sa tête en ricanant, se posent sur un fil et chient partout.

Une année, du temps de son Gérald, elle lui avait expressément demandé de déloger un de leurs nids accroché à la sous-pente du toit, il a bien failli se rompre le cou, maladroit qu'il était ! Elles sont revenues l'année suivante. Depuis, à chaque printemps c'est le même scénario, Angèle joue du balai quand elles traversent son air. Elle les insulte, les affuble de noms d'oiseaux peu recommandables ; elles, évidemment au-dessus du lot n'en ont cure, virevoltent gaiement, gobent les moucherons. Angèle hait les hirondelles. Elles annoncent les beaux jours, comme qui dirait, le bonheur.

Ce petit tour au jardin a cependant apaisé les tensions de sa nuit. L'autre, la rouquine, était debout avant l'aube, à faire du ramdam, jusqu'à tenir une conversation au téléphone. Angèle a épié, sans tout saisir, mais il y a du départ dans l'air. Alléluia ! Elle a été entendue ! Quelques mots ont traversé la cloison du genre : « valise à préparer » et « départ avant midi ». Angèle, aussi athée qu'elle puisse être, irait bien refiler la pièce à l'autre tout nu sur la croix, pour un cierge à ses pieds !

Finalement, c'était à parier mon Gérald, comment la mijaurée aurait pu prendre villégiature ici ? Dans cette maison, sans le grand confort auquel sa petite nature est habituée, ironise la vieille dame à mi-voix, en phase de retrouver sa sérénité, ses petites conversations avec son bonhomme, au point de se garder d'aboyer et de vaquer à ses occupations matinales, l'air de rien.

De son côté, Mylène n'a pesé ni le pour, ni le contre, ni pris le temps de la réflexion. Elle s'est lancée tête baissée dans l'histoire. Cela a été comme un signal. Un déclic. Une évidence. Peut-être aura-t-elle à le regretter ? Mais c'est parti, vaille que vaille. Elle préviendra Angèle lorsque les enfants et leur nounou arriveront, ce ne sera pas simple de la faire bouger, mais le plan doit fonctionner.

C'est ainsi, il ne peut en être autrement. Elle sent qu'elle tient là, la clef du disfonctionnement de sa voisine, l'accroc qui a tout fait basculer. Revenir au point de rupture. Provoquer. Et comprendre. Sa B.A. de fin d'année. Vouloir rebattre les cartes. Mais avant tout, se changer les idées, partir sans être concernée, donner le change avec en sus, un côté missionnaire qui lui plaît et l'excite. La jeune femme n'a pas à attendre longtemps, Martin cogne déjà de ses poings sur la porte de l'entrée, criant à tue-tête : « Maman ! maman ! maman ! » Elle ouvre, et c'est un bol d'air au sommet des plus hautes montagnes, l'enfant se blottit dans ses bras. Lily, à sa suite, se colle à eux, le sourire faussé d'une dent. Le bonheur.

Mais c'était sans compter sur la rabat-joie de service :

- Hé oh les mioches, on n'entre pas ici comme dans un moulin !
- Nous partons, répond la maman.
- Enfin. À la bonne heure !
- Et vous aussi. Vous venez avec nous, Angèle.
- Ben ma petite, c'est pas demain la veille !
- C'est important, j'aimerais que nous passions cette dernière journée ensemble.
- Dernière, dernière, vous en avez de bonnes. C'est pas comme si nous étions amies de longue date, chacun son chemin ma chère !
- Angèle, une journée, une seule et je vous laisse tranquille.
- Pff… Qu'est-ce qui vous prend, le remords d'avoir torturé une vieille dame ?
- Une seule, vous me la devez bien.
- Je vous dois, je vous dois. Vous exagérez ! Une, c'est déjà beaucoup ! Et vous me fichez la paix, vraiment, croix de bois, croix de fer ?
- Oui.
- Pas longue alors. Et pour aller où d'abord ? Consent-elle.
- Au manège, crie Martin, je veux aller au manège !
- Manquait plus que ça, c'est une blague ?
- Angèle, une journée.
- Ça reste à voir. Sortez de mes pattes, je réfléchis, d'abord laissez-moi le temps de m'habiller, bougonne la vieille dame, le sourcil en circonflexe, chassant

d'une main le gamin trop bruyant et baveux qui s'accroche à sa robe de chambre.
Elle disparaît dans sa chambre quelques longues minutes, puis elle réapparaît un foulard noué autour du cou et le manteau sur le dos :

- Bon, je viens… Plus vite partis, plus vite revenus, plus vite vous débarrassez le plancher ! Pactise-t-elle, bon gré mal gré, comme si cet arrangement en monnaie de singe payait sa rançon, rachetait sa liberté, sa tranquillité.

45

Pour le moins curieux, l'équipage embarqué à bord de son automobile. Un équipage qui a priori n'a rien à faire ensemble et a fortiori partage, pour un temps limité, la même route. Trois grandes personnes et deux petits bouts. La nounou sourit intérieurement, elle les trouve mignons ces enfants, en quelques jours elle a appris à les connaître. Lily la studieuse a expliqué à son frère que la voiture de Teresa s'appelle Némo, c'est écrit à l'arrière. Depuis, Martin déclare fièrement voyager à l'intérieur d'un poisson-roue !

Teresa ne regrette en rien d'avoir accepté ce travail. Cette famille éclatée, c'est son cadeau de fin d'année, il va lui permettre de payer quelques factures et combler son besoin vital du moment, être utile à quelqu'un. Elle est là, mais pour combien de temps ? Elle ne le sait pas.

À vrai dire, Madame Jonas non plus ne le sait pas. Cette jeune femme mène une guerre déterminée à durée indéterminée. Le C.D.I. de la rupture en somme. Pourtant, elle semble bel et bien perdue dans les méandres de son chagrin, de sa déception. Cela se voit comme le nez au milieu de la figure, elle est de ces personnes qui cachent mal leurs états d'âme, trop à fleur de peau. À peine plus âgée qu'elle, cette femme ultra-fragile touche ce que Teresa cache en son fond, une hypersensibilité aux choses de l'amour, à ce lien incalculable et mystérieux.

Dès le premier soir, Madame Jonas s'est confiée en quelques mots pudiques, la nounou n'a pas eu besoin de dessin, elle connaît le scénario, elle a largué un salaud de ce genre autrefois. Pourtant, le sien n'a pas l'air d'un mauvais bougre. Il est plutôt gentil, pour ne pas dire attendrissant. Et à voir sa mine déconfite, cet air absent de tout, elle se dit qu'il aime sa femme. En fait, il est con, oui il est con, il se réveillera trop tard.

L'amour est un Graal, quand on le trouve faut en prendre soin. Elle est allée à bonne école, trente-cinq ans que ses parents sont mariés, qu'ils se susurrent des mots doux à l'oreille, qu'ils se chamaillent pour tout et rien, pour mieux se retrouver, quand l'un s'absente l'autre le cherche, cela en fait rire certains, mais émeut leur fille unique, elle sait grâce à eux que l'Amour, le vrai, existe. Elle l'attend. Il arrivera. Elle le sait. La conductrice jette un œil en coin à sa voisine de droite. Cette dame aux cheveux peints en bleu, en revanche, ne l'inspire pas. Elle ne se fie pas à ce faux semblant de petite vieille. Un air respectable, mais capable de vous filer un vilain coup de savate derrière la tête. Elle a bataillé pour attacher sa ceinture de sécurité. Elle ne doit pas avoir l'habitude de s'harnacher de la sorte. Mais Teresa n'a pas levé le petit doigt. C'est Lily qui a cliqué pour elle, sinon elle y serait encore. La jeune nounou est à son affaire, elle adore conduire, passer les vitesses, gérer les obstacles, avaler les kilomètres. L'habitacle en cercle fermé, les odeurs de skaï et de caoutchouc la rassurent, même les vapeurs d'essence quand elle fait le plein font s'envoler ses sens, réminiscences des longs voyages qu'elle faisait petite avec ses parents vers la famille au loin, elle adorait ces moments-là. Pour l'heure, elle suit l'itinéraire programmé par la mère des enfants. Son intuition lui dicte que cette balade bizarroïde leur réserve des surprises. La pluie s'est invitée, le balai des essuie-glaces rythme ce début d'aventure en poisson-roue.

Bercée par le doux roulis Angèle flotte, l'œil mi-clos, en retard de sommeil. La pimbêche lui a forcé la main, mais au fond c'est bien elle, Angèle Hazard, qui a accepté de monter en voiture. Et puis, à son âge, une virée entre une rouquine, deux loupiots et une rondelette aigrie, ça change la routine. Surtout quand on ne part jamais. Angèle ne sait pas conduire, elle n'a pas appris. C'est Gérald qui conduisait. L'auto a été vendue quand il est mort. Depuis, ses pieds et parfois l'autobus la mènent là où elle a besoin d'aller.

Quand même, la greluche est une drôle de fille. Je ne m'en méfie pas assez, avec ses petits airs de sainte nitouche, elle pourrait bien me la mettre jusqu'à l'os. Si cela se trouve, elle m'emmène à l'échafaud et je n'y verrai que dalle. Bah inutile de ruminer, il ne peut rien lui arriver, se rassure-t-elle finalement, conquise par la beauté de la campagne sous la pluie et la langue d'asphalte noire, luisante d'eau. Réjouie, elle profite du paysage et en plus, elle n'a pas déboursé un centime pour cette excursion, ce qui la ravit davantage. Bien longtemps qu'elle n'avait pas passé les portes du bourg. Des hameaux défilent, massifs, rouges et gris, des champs autour en terre brune d'hiver, la forêt nue de feuilles avec des arbres en bras qui saluent, et derrière, pointant leurs cimes, des sapins qui chaloupent, happent son attention. Hypnotisée, Angèle finit par dodeliner de la tête elle aussi, la bouche ouverte.

Mylène ne céderait sa place pour un empire. Elle est aux anges là, entre ses deux bébés. Martin dort déjà, sa petite main dans la sienne. La voiture le fait toujours s'endormir. Lily, une joue contre l'épaule de sa maman, lui tient également la main. Tous les trois encordés. Noués les uns aux autres pour ne plus se séparer. Une balade dont elle ne sait pas où elle va les mener. Cela ne lui ressemble guère d'avoir pris une décision aussi hâtive, elle aurait peut-être dû réfléchir ? À quoi bon ? Les dés sont lancés. Elle a trouvé. Elle va au bout.

Ces derniers jours ont bouleversé ses certitudes. Le docteur Alban serait sans doute étonné de la savoir si prompte à décider, alors que sa vie est sens dessus dessous. Non, il dirait que sa patiente est enfin sur la bonne voie. Mylène se penche, lit le panneau indicateur au bord de la nationale, c'est bon, là aussi, elles sont sur la bonne route. Teresa conduit de manière souple, sans à-coups, cette douceur lui fait du bien. L'accident a laissé quelques traces, une appréhension de la voiture. Mais ce « poisson-roue » qui plaît tant à son fils, la tranquillise. Mylène est bien, elle a rangé ses pensées négatives. L'équipage a quitté les départementales, les lacets langoureux, à présent sur une quatre-voies, il file droit et vite, contourne une ville noiraude, assoupie, puis des immeubles affublés de couleurs criardes qui jurent. En périphérie, comme partout sur l'hexagone, une zone commerciale. L'enseigne lumineuse d'un hypermarché se détache au loin, sur le mur de ciel bas, la même que celle d'Antoine, son regard glisse sur elle sans la voir. Quelques kilomètres encore, et il faudra s'arrêter pour déjeuner, nourrir les petits ventres affamés. Non loin du but, s'il en est un.

Après, ce sera une autre histoire.

46

- C'est ici, prenez l'allée ! Commande Mylène.
- Je ne sais si je peux m'y engager, c'est privé ! Répond craintivement Teresa.
- Et pourquoi pas ?
- C'est le genre d'endroit où de gros chiens hauts sur pattes vous coursent, en règle générale.
- Allons-y, nous verrons bien !

C'est le bruit du gravier sous les pneus qui réveille Angèle, une nouvelle fois assoupie, un filet de salive ayant glissé de ses lèvres. Une sieste après déjeuner ça ne pardonne pas, on s'enfonce lourdement. Elle reprend difficilement ses esprits. Les yeux surpris par la vivacité d'un soleil passé entre les nuages.

Lily, excitée par cette entrée qui ressemble à celle d'un château, bat des mains, espérant trouver là, une princesse, quelques fées. L'allée est rectiligne et longue, plantée de tilleuls mâtures, tous en bois nu avec chacun son squelette spécifique. Des pâturages la bordent de chaque côté. Et au bout, large, lourdement assise, une maison de maître. Un mélange de pierres blanchâtres et de briques rouges sous le couvert d'une toiture grise, en ardoise, d'où s'élèvent trois hautes cheminées. Des fenêtres à petits carreaux sur boiseries blanches trouent la façade. La porte d'entrée en bois blanc et toute vitrée elle aussi, donne sur un perron rectangulaire et trois marches pour y accéder. Cette demeure en impose. On imagine aisément le nombre de ses pièces. Pourtant, plus on s'avance et plus le temps sur elle semble s'être arrêté. Elle repose, figée dans l'espace. L'impression pesante, presque embarrassante, d'être renvoyé au siècle dernier sans pour autant en être étonné.

- Un château, c'est sûr c'est un château, murmure une nouvelle fois Lily tenant pressée sur son cœur une poupée Barbie en robe d'été avec des cheveux emmêlés.

- Je me gare où ?
- Restez là, vous êtes bien.
- On est chez qui maman ?
- On va voir.
- Il n'y a pas l'air d'avoir grand monde ici, constate Teresa en posant le pied à terre.

C'est vrai, la maison paraît désertée, pourtant sur son flanc droit un véhicule est garé. Mais il n'y a pas âme qui vive.

- C'est beau quand même cet endroit ! Tenez, là-bas, le chemin à travers le pâturage, quelqu'un vient, annonce Teresa pointant du doigt.
- Angèle, sortez de cette voiture !
- Y'a pas le feu.
- Elle est belle cette maison, non ? Vous ne dites rien Angèle ?
- Trop grand. Beaucoup trop grand. Pourquoi, vous voulez l'acheter ?
- Pourquoi pas ? On va demander.
- Vous êtes tombée sur la tête ma chère.

Angèle joue du « ma chère » depuis ce matin, une ironie mesquine qui veut piquer et lui met du baume au cœur. Elle quitte l'habitacle du véhicule avec quelques difficultés, souffle et retient un juron. C'est vrai qu'à bien y regarder l'endroit ne manque pas de charme. Pour vivre ici faut se poser en châtelain ou quelque chose du genre, se dit Angèle. Rien dans mes cordes. Et si la rouquine veut ma bénédiction, elle l'a. Pourvu qu'elle me fiche la paix.

- Hector ici !

Ordonne une voix féminine, haute et ferme. Une voix qui sait se faire obéir, rappelle le chien qui l'accompagne sans avoir besoin de s'y reprendre à deux fois. Mylène n'y connaît rien en chien, mais elle dirait que c'est un chien né pour la chasse. Grand. Athlétique. La robe taupe. Des yeux, bleus, magnifiques. Elle n'a jamais vu de chien avec les yeux bleus. Elle a d'abord un réflexe de protection, les bras autour de ses enfants.

Il galope sur de grandes pattes dégingandées, lance deux aboiements, on le dirait content de voir du monde. S'arrête, sonde le visiteur, la truffe au vent. Retourne vers sa maîtresse. Elle n'est pas grande, un peu large. Un pantalon de velours et une veste matelassée, dans les vert bouteille, n'arrangent en rien sa silhouette. Le cheveu brun et court. Le regard méfiant. Le menton arrogant. Le front bas et le nez busqué. Un animal, pense Mylène, un buffle. Dans le creux de son bras gauche et cassé en deux, un fusil. Dans sa main droite le cou sans vie d'un gros volatile blanc, les plumes maculées de sang. Elle traîne l'oiseau, indifférente à son sort. On la sent habituée à tuer.

- Vous êtes perdues, mesdames ?
- Bonjour ! s'exclame Mylène. Excusez notre intrusion, mais nous n'avons pas résisté à la tentation d'emprunter votre magnifique allée.
- La curiosité n'est pas un défaut.
- En tout cas, nous ne regrettons pas, votre domaine est magnifique.
- Il l'a été en effet. Il n'est pas à vendre si c'est ce que vous cherchez.

Angèle ne peut retenir un ricanement qui n'échappe pas à la propriétaire et agace religieusement Mylène, qui allait rebondir l'air de rien, quand Teresa se met à geindre, soudainement horrifiée, surprenant l'entourage :

- Oh, mais ce n'est pas possible, c'est un cygne ! C'est un cygne que vous avez tué ?
- Oui mademoiselle. Cet altier palmipède lui-même. Tyrannique, encombrant, intolérant, qui ruine les espoirs d'installation de certaines espèces de l'avifaune autour de mon étang. Du fait, couic !
- Un cygne, mais vous vous en rendez-vous compte ? Un cygne ! s'égosille la nounou.
- Une menace intolérable. C'est tout. Vous pouvez faire demi-tour si cela ne vous plaît pas. Je suis sur mes terres. La loi c'est moi.
- Teresa, cette dame n'a pas tort, calme Mylène d'une voix douce en lui tapotant l'épaule, essayant ainsi d'apaiser sa révolte, tout en évitant d'anéantir les espoirs fondés sur cette visite surprise.
- Je ne me suis pas présentée, dit-elle, Mylène, Mylène Jonas.
- En effet, mais enchantée toutefois ! Et pardonnez si je ne vous serre pas la main, Madame Jonas, fait la maîtresse des lieux, en élevant les siennes, prises de part et d'autre. Je me prénomme Edmonde, fille de Marceline et Julien Despierre, je suis née dans cette grande maison, au premier étage, il y a un certain nombre d'années maintenant, annonce-t-elle avec fierté et réserve.

- Martin Jonas, dit subitement le garçonnet en avançant d'un pas, imitant sa mère, surprenant les adultes. Tu sais on est venu en poisson-roue.

La répartie enfantine a instantanément déglacé le visage de la tueuse.

- Eh bien, quel voyage, cela mérite une récompense, sourit-elle penchée sur l'enfant, aimerais-tu voir des chatons ? Ils ont deux semaines.
- Mmm… Avec ma grande sœur Lily et maman et Teresa et Madame 'zard.

L'ogre et le Petit Poucet, songe Teresa renfrognée.

- Bien sûr ! Allez, suivez-moi la troupe, ils sont au chaud près de la cheminée ! C'est toi Lily la grande sœur ? Ne te cache pas, montre-toi, tu es belle comme un cœur ! siffle le buffle changé par enchantement en tourterelle, sous le regard inquiet et dubitatif de la fillette, qui ne sait si cette dame bizarre est une sorcière ou une magicienne.

Angèle ferme la marche de cette curieuse escouade, silencieuse, préoccupée par sa vessie, pleine. Une fois à l'intérieur, elle demandera à la châtelaine où sont « les petits cabinets d'aisances » la bouche en cul de poule, cela sied à l'endroit, elle en sourit. Et se fout bien que la tête couronnée du lieu tue des cygnes ou des perroquets si cela lui chante.

47

À l'époque, il aurait séduit une herbe et il le pourrait encore, malgré tout.

La septuagénaire en a les tympans qui bourdonnent affreusement, des acouphènes à scier les pattes. Dans sa poitrine, les poumons sifflent bizarrement. À croire que tout son corps réagit, veut se faire entendre, donne de la voix. De toute façon, après avoir vécu ça, elle peut trépasser. Cinquante-sept ans. Il faut s'en rendre compte, c'est une vie. Elle a bien conscience que ce n'est pas le pur fait du hasard, mais elle en reste abasourdie.

Un coup de matraque sur la tête, quand l'autre là, la tueuse de cygnes, a claironné une fois la porte de l'entrée passée :

- André, je suis de retour. On a de la visite pour les chatons !

- Oui, très bien, a répondu André.

La voix venait de l'une des pièces donnant sur le vestibule.

- Mon époux, a annoncé pompeusement la tueuse pour la troupe, l'architecte André Duloing.

Elle n'aurait pas fait mieux pour présenter le Pape. Mais pour Angèle tout a basculé. André ? André Duloing ? Les autres ont avancé, suivant leur guide. Elle, s'est pétrifiée, percutée. Un demi-siècle en pleine face. La porte était entrouverte, elle l'a poussée. Il était là. De dos. Sur l'instant elle n'a rien vu. C'est quand il s'est retourné. Quand il a pivoté. Qu'elle a vu. Le fauteuil roulant. Effet rebond, deux en un. Lui. Ce qu'il est devenu.

- Madame, c'est pour quoi ?

Angèle ne parvenait plus à émettre le moindre son. Même d'outre-tombe, rien ne sortait. Ensevelie. Des années de gravats à déblayer d'un coup. C'étaient bien ses yeux. Ses yeux bleus, noyés sous des paupières plissées. Il avait perdu sa blondeur et les cheveux avec. Mais c'était lui. C'était bien lui.

Aspiré par le temps. Assis dans ce fauteuil, au milieu de cette pièce lumineuse, haute de plafond et à moulures, deux larges fenêtres donnant sur le jardin, la campagne au loin. Il doit y passer le plus clair de son temps, elle lui ressemble. À peine entré, l'on se sent entouré de belles choses, ouvert au savoir. Faisant face aux fenêtres une table en bois, longue et inclinée, éclairée par deux lampes articulées. Des plans en rouleaux amassés dans un coin et une maquette toute blanche sur un petit meuble, la Maison-Blanche, celle des USA on aurait dit, c'était beau comme une maison de poupées, en mieux. Au centre de la pièce un bureau, avec des pieds métalliques et un plateau en verre, un grand ordinateur blanc posé dessus. Derrière une bibliothèque, en bois sombre et travaillé, comme on en voit parfois à la télé, tapissée de livres de toutes tailles et aux tranches de toutes couleurs.

Un divan, en cuir orangé souple et tanné, qui garde l'empreinte des assises, où il doit faire bon se reposer. Accroché, un tableau. Le cadre finement doré. Des formes, des triangles des carrés et des sphères, emmêlées, mais ordonnées en couleurs douces et impressionnantes de justesse. Et une sculpture, sur un guéridon, une jeune fille sur la pointe des pieds la jupe plissée en éventail le corps et le visage tendus vers le ciel, éclairée d'un sourire franc, magnétique. Un bronze, sans doute. Un immense lampadaire le pied en tige arcboutée, traverse l'espace, se termine en corolle, une fleur qui défierait les lois de l'équilibre, du jamais vu. Oui, des détails, élégants, hors du commun, qu'Angèle a eu le temps d'imprimer, comme un passage obligé, un pont, avant d'oser enfin prononcer d'une voix blanche :

- André, tu ne me reconnais pas ?
- Euh… non.
- Angèle, Angèle Louvant.
- Angèle ? Non…Pardonnez-moi !

Il ne voyait pas. Évidemment.

- Le lac d'Aubigny, 1955, l'été 1955.

Il cherchait.

- Vous aviez planté vos canadiennes. Il y avait un certain Robert avec vous.

Elle était revenue au vouvoiement. Presque confuse.

- Oh, pauvre Robert ! Robert Duflot, mort si jeune, hélas, en Algérie, la guerre. Oui, je me souviens maintenant. Le lac, Angèle…

Son regard glissa sur elle, de haut en bas. Si elle avait su, elle aurait mis autre chose que ses chaussures à lacets. L'eau lui dégoulinait dans le dos, son envie d'uriner stoppée sur-le-champ, pourtant elle dansait d'un pied sur l'autre, électrisée.

- Bah j'ai bien changé, j'avais quatorze ans aussi, excusa-t-elle.
- Mais moi aussi, j'ai changé.

Pourtant non pensa Angèle, même vieilli, même assis dans un fauteuil roulant, il a de l'allure. Il a gardé cette élégance naturelle, cette prestance fascinante.

Angèle, gauche et moite, triturait son chapeau. Le palpitant en chamade. En deux tours de roue, il fut près d'elle, le parquet grinça sous la pression des roues.

- Asseyez-vous, ôtez votre manteau !
- Euh… ben, non, je ne sais pas, on m'attend.
- Votre famille ? J'ai vu deux jeunes femmes et des enfants.
- Ma fille, mentit-elle.

Elle se demande encore pourquoi.

- Magnifique ! Et donc vos petits-enfants ?
- Mmm… et leur nounou.
- Edmonde leur montre les chatons n'est-ce pas ?

Quelle chance, une fille, dit-il songeur. Nous n'avons pas eu d'enfant.

- Et vous ? toi ? Depuis quand tu es…
- Ah paraplégique ? Une dizaine d'années, une mauvaise chute en quad. Je suis retombé sur le dos. Idiot.
- Quad ?
- Un genre de moto sur quatre roues.
- Ah.
- Angèle, tu avais les cheveux longs et bouclés, d'un magnifique châtain. Je me souviens maintenant. Quelle belle époque, le lac, la guinguette, le ciel.

Sa voix s'est faite sourde, ses pupilles azur comme enfilées dans les affres du temps.

- Ah, ça pour sûr.

Il était revenu au tutoiement, comme autrefois, Angèle en fondit sur place, émue.

Il a tu le reste, par éducation.

Angèle sait qu'il se souvient du reste.

Et en cet instant de grâce, elle aurait tout donné pour retrouver ses quatorze ans, ne pas être accoutrée en vieille dame, les cheveux peints en bleu.

Pour au bout du compte et de tout, être jolie.
Jolie.
La sienne, à lui.
C'était trop tard.

48

Mylène s'en veut, Angèle n'a rien dit sur le chemin du retour. Pas l'ombre d'un commentaire. La nuit était déjà tombée, les enfants éteints d'un coup. Elle a proposé à la troupe de s'arrêter, et dormir dans l'un des hôtels de la région.

Angèle n'a toujours pas bronché, elle est descendue de voiture pour monter dans la chambre qu'il lui a été allouée, sans un mot. Mylène craint que le choc n'ait été trop rude. Et si son cœur n'avait pas supporté ? La jeune femme scénarise le pire, vient gratter à la porte, soudainement morte d'inquiétude.

- Angèle ? Angèle répondez ! Je vous apporte une collation, je vous préviens je fais ouvrir par l'hôtelier !
- Fichez le camp !

Elle n'est pas morte, alléluia !

- Vous n'avez rien mangé, ce n'est pas raisonnable

ouvrez !

Mylène comprend que ce n'est pas ce qui fera céder la tête de mule. Elle pose, avec une précaution d'infirmière, le plateau au sol et ouvre la boîte à biscuits, en tire une photo, une d'un autre temps en noir et blanc aux bords dentelés, la glisse entre la porte et le plancher. Au bout d'un long silence, le sésame déclenche l'ouverture, et fait apparaître dans l'entrebâillement, la chevelure ni grise ni bleue, mais presque mauve ce soir.

Elle grommelle :

- Ainsi, c'est vous ? Remarquez, j'ai cru comprendre. L'excursion et tout le toutim.
- C'est moi, oui.
- Mouais, ben il faut m'expliquer à ct'heure.
- Disons qu'une pie peut en cacher une autre, 1 partout balle au centre, crache Mylène, chargée de la collation, poussant la porte de l'avant-bras. Écartez-vous bon sang ! Laissez-moi entrer !
- De quel droit avez-vous fouiné dans mes affaires, et volé ainsi mon passé ?
- Pardon ? Vous êtes mal placée pour me donner une leçon. Je n'ai pas fouiné, je cherchais une couverture dans votre armoire, c'est mal chauffé chez vous. Madeleines maison, yaourt, infusion aux fruits rouges, cela vous va ? Dit gaiement Mylène en posant l'en-cas sur le petit guéridon placé sous la fenêtre.
- Déguerpissez !
- Non ! Et tenez, ceci est à vous.

Mylène tend à sa voisine la boîte en fer blanc, rectangulaire. Autrefois, elle contenait de savoureux biscuits secs, autrefois, avant qu'Angèle n'y enferme son secret, pour toujours : un cahier bleu d'écolière et trois photos.

- J'ai lu Angèle, je sais, je sais.
- Ce ne sont pas vos affaires !
- Si, un peu, maintenant que je le connais. Et puis, je ne partirai pas tant que vous n'aurez pas mangé.
- Ah vous êtes une sale fouineuse et une sacrée emmerdeuse, crache Angèle agacée, le sourcil froncé. Vous avez drôlement changé je trouve !
- Non, pas vraiment, pas autant que ça, dit en rougissant Mylène, la voix basse, le regard fuyant ; un peu comme si elle avouait une infirmité. Le cœur soudainement reprit par sa douleur.

Sur le rebord du lit, sa boîte à souvenirs sur les genoux, Angèle a senti ça, les tenailles qui ont enserrée sa voisine de l'intérieur. L'effondrement. Mylène a soupiré. Angèle l'a accompagnée. Un lien, entre les deux femmes. Le premier.

- N'empêche, vous avez beau dire, vous êtes belle sur cette photo, coupe la fouineuse, le regard dans le vague essayant maladroitement de faire diversion.
- Belle, taisez-vous idiote. Vous ne savez pas ce que vous dites. Belle, et pis quoi encore? Mieux qu'aujourd'hui, c'est certain !
- Ah oui, mieux c'est sûr, dit en riant la jeune

femme. Y'a pas photo !

Et c'est un déclic lumineux dans les profondeurs marécageuses d'Angèle, un interrupteur qui aurait rendu subitement la lumière. Alors, sans trop comprendre pourquoi, débordée sans doute par le trop-plein à évacuer après tant d'années, ou adoucie par les attentions de celle qu'elle voyait en ennemie et qui s'avère ressembler à une complice, Angèle, se surprenant elle-même, repart là-bas.

- Le lac d'Aubigny. Notre trou d'eau, comme on l'appelait autrefois, entouré de forêts, c'était beau là-bas, avant qu'ils ne saccagent tout, le transforment en parc d'attractions. Vous le connaissez, tout le monde y va de nos jours, avec ses mioches. À l'époque, la jeunesse des environs s'y baignait, blaguait, fainéantait, étalée sur la plage de galets. Et pis, y'avait une guinguette où l'on dansait à perdre haleine. Mon père m'interdisait d'y mettre les pieds, je n'avais pas l'âge qu'il disait. Mais, j'y allais quand même, je mentais, je n'avais pas le droit alors je prenais le gauche. J'y allais juste pour écouter la musique, regarder les couples enlacés virevolter, on m'invitait, je me sauvais. Cela faisait rire Monique, ma camarade. Elle disait que j'étais une sauvage. Elle, elle dansait tout ce qu'elle pouvait.

Angèle, pensive, reprend :

- André, André Duloing c'est au bord du lac que je l'ai rencontré. Des gars nous embêtaient, Monique et moi, ils voulaient nous jeter à la baille, histoire de rigoler. Je ne savais pas nager. J'ai hurlé à en crever les tympans. Il est sorti comme un beau diable de sa boite en criant :« Si tu ne vas pas à Lagardère, Lagardère ira à toi ! » Il a foutu son poing sur la gueule du petit con qui me tenait par le bras, la bande a détalé comme des lapins devant un fusil. Il est devenu mon sauveur, Lagardère ! Taillé en athlète avec des manières de prince, voyez le genre. C'est pas tous les jours qu'en passait un comme lui par chez nous. Après ça, on a parlé, parlé… Il avait vu Le Comte de Monte-Cristo au cinéma, ajoute Angèle, en levant des yeux d'enfant sur Mylène.

- Mmm, une belle adaptation du roman d'Alexandre Dumas.
- C'est ça. Ah vous alors ? Qu'est-ce qui me prend de vous raconter ça ? C'est loin cette histoire, c'est loin à ct'heure, dit-elle sur un de ton de reproche qui n'en est pas vraiment un, chassant, d'une main, le restant dans l'air avant de se taire, clore là, la voix teintée de langueur, empreinte de nostalgie. Pourtant, Angèle sourit tout à coup, elle sourit vraiment. Pas cette esquisse en coin, ironique et blessante, non un vrai sourire, tout ce qu'il y a de plus éblouissant, reconnaissant. Mylène en est toute retournée. Et pour avoir lu jusqu'à la dernière ligne du petit cahier, la jeune femme sait, connaît la fin de l'histoire et elle se dit qu'elle a eu raison, que c'était maintenant ou jamais.
- Alors, c'est bien lui, André Duloing ?
- Oui.
- Il se souvient ?

- Oui.
- C'est plutôt bien j'ai envie de dire.
- M'oui bof, comment, comment que vous avez fait ?
- Oh de nos jours, un petit clic et vous savez tout sur tout ! Internet, c'est magique. Il est très actif sur la toile votre André.
- C'est pas mon André ! La toile ?
- Oui les réseaux sociaux, Internet. Il vit avec son temps lui, pas comme vous.
- Hé la mijaurée, gardez vos réflexions et tout ira bien ! Allez zou ! Avec tout ce que vous m'avez fait vivre ces derniers temps, je ne sens plus mes os. Il faut que je dorme sur tout ce remue-ménage. Allez, déguerpissez ! Demain il fera jour, on y verra clair !

Angèle a beau aboyer, son œil a changé de lune, s'est accroché d'étoiles. Et rien que pour cela Mylène sait qu'elle a bien fait.

- Très bien, moi aussi je suis fatiguée, les loulous dorment depuis longtemps eux, demain 8 heures, ils seront debout.
- C'est ça, sortez, il suffit pour aujourd'hui.
- Angèle, dit Mylène en se retournant avant de quitter la chambre, je n'étais sûre de rien pour tout dire, pas certaine que ce soit réellement lui. Et une fois sur place j'étais dans mes petites chaussures comme vous diriez. Je ne savais pas comment vous alliez prendre la chose ni si vous alliez le revoir. Enfin bref, je suis heureuse, heureuse pour vous. C'est un

architecte très réputé et respecté vous savez, j'ai lu pas mal d'articles sur lui. C'est bête cet accident, c'est arrivé au début des années 2000, c'est bien cela ?

- M'oui, un accident en quadratrucmoto, la vie, des choses qui arrivent.
- Non, pas quadratruc, Quad tout court, reprend Mylène en riant.
- Peut-être oui.
- Allez bonne nuit Angèle, dormez bien !

Il s'en faut peu pour que Mylène lui claque une bise. Elle se retient.

49

Cela coupe aussi sûr qu'une lame de rasoir de tourner la clef, dans la serrure d'une maison vide.

Franchir le seuil et ne pas entendre leurs petites voix, cela mord jusqu'à la moelle. Le néant, rien que le néant. Antoine n'a pas la force d'allumer. Dans la pénombre, le sapin se découpe étrangement humain, les branches en bras retombés. À tâtons, il trouve la bouteille de scotch, son seul vrai réconfort, le seul moment où sa couenne se réchauffe.

Antoine se sert un verre, debout au comptoir de sa propre cuisine, étranger à ce foyer amputé de sa vie. Il secoue un frisson morbide. La première gorgée lui brûle les muqueuses, incendie sa trachée, réveille ses sens. Celles qui suivent se répandent à travers tout son corps, gonflent ses veines. C'est bon. C'est comme reprendre vie. En mieux. En plus fort. Invincible. Les autres attisent, enflamment et puis, c'est l'embrasement. Il se retient d'envoyer la bouteille valser, il se retient d'éclater les vitres de la véranda. Tout briser. Tout foutre en l'air. C'est ce qu'il fait de mieux. Pourtant, ce soir, il y a autre chose, un goût amer, un ressentiment. Il lui en veut, à elle, pour la première fois. Elle était là, elle le voyait de là-haut. C'est bien pour cela qu'il ne veut plus allumer, c'est son droit à lui aussi de ne plus être vu, même s'il sait que ce soir elle n'est pas là, en vadrouille avec leurs petits, cul et chemise avec la vieille bique. Ça non plus, il ne peut l'admettre, c'est un pacte avec le fusil qui les abattus. Il se retient de chialer, trahi à son tour.

Il a ôté sa chemise, la porte du four lui renvoie le reflet de son torse nu, fade et mou. Un quadra resté sur ses acquis, qui n'a pas su prendre soin du capital de sa vingtaine, fera un quinqua démoli, bon à jeter aux ordures. Consterné, il siffle sans respirer un verre, puis un autre, et encore un. Boire, juste boire, flouter délicieusement sa mémoire, enrouler sa douleur des vapeurs alcooliques.

Antoine ne tient pas l'alcool, il le sait, il ne boit pour ainsi dire jamais. Étudiant, en sortie avec les potes, il était bien le seul à s'enfiler des lait-fraise à tire-larigot. Les autres le charriaient, alors il a fini par alterner avec des jus de tomate, d'ananas, il a même eu sa période carotte-céleri. N'empêche, qu'ils étaient tous contents une fois beurrés, c'est lui qui conduisait. Non, l'alcool n'a jamais été sa tasse de thé. Si c'est pour finir armé d'un rouleau à pâtisserie, et ramper pour démonter la vieille, cela n'a rien de très glorieux, il n'ira jamais s'en vanter. Pourtant il en pouffe de rire, tout seul. Et, lèvres pincées, joues creusées, il envoie une superbe giclée de son magnifique whisky en direction de l'étage de sa voisine.

- À la tienne, corbeau ! Exulte-t-il.

Obsolète la sobriété. Marre de rentrer dans les clous. Une bonne biture. Y'a que ça de vrai. Déjà il en ressent les effets, un cœur moins garrotté, des pensées qui scintillent. Il est bien. Il ôte ses pompes. Elles aussi valsent à travers le salon. L'une d'elles dégomme au passage une des boules du sapin. Monte alors du tréfonds, un rire gras d'homme ivre, un rire nerveux, amplifié par une forte bouffée de désir, incontrôlable, une soudaine poussée de testostérone et d'adrénaline. Fini de se laisser marcher sur les pieds. Il l'a toujours traitée en princesse. C'est terminé. Qu'est-ce qu'elle croit ? Je suis un mec, un vrai mec après tout. Je vais les baiser, toutes les baiser, pas de pitié. L'alcool a débridé le mâle. Il est le roi du monde. Un queutard et alors ?

- Allô, Tanou ! Tanou chérie !
- Antoine ?
- J'ai envie de toi bandante Tanou, et belle, j'oubliais... Belle !
- Vous avez bu. Ivre. Vous êtes ivre ?
- De toi, de ton cul. Je viens !
- Non, non. Surtout pas, pas dans cet état !

En moins de temps qu'il n'en fallu pour le convaincre de raccrocher et de l'attendre sagement chez lui, Sultane fait irruption dans le salon de son boss, en jean troué et sweat noir à capuche. Antoine s'accroche à elle comme un bigorneau à son rocher, lui palpe les seins, lui susurre dans le cou :

- Ma douce tu vas grimper aux rideaux, t'es chaude hein ?
- Oui très, dit Tanou. Viens, on commence dans la salle de bains.
- Ah oui, oui, on commence ! dit-il, l'haleine imbibée d'alcool.

Sultane le prend à bras le corps, détourne son visage, il pue trop. Il est prêt pour une carrière de cracheur de feu, songe-t-elle en soupirant.

50

Elle a dit « c'est ma fille », comme si devant lui, elle s'offrait une vie, un bonheur. Elle a menti. Elle a menti pour sa bonne cause à elle, rien qu'à elle, pour sauver sa peau de vieille, la rembourser, un peu.

André qui vit à cent soixante-dix petits kilomètres de chez elle. Si ce n'est pas malheureux. Regrettable. Bah, l'eau a trop coulé. Quelle existence mène-t-il auprès de sa tueuse de cygnes ? Est-il comblé ? Sans doute pas, sa voix a trop traîné sur ce manque d'enfant. Elle ne le saura jamais. Pas grave. Mais elle l'a revu. Jamais Angèle n'aurait cru la chose possible. Elle l'a revu. Parce qu'il y a eu la greluche, oui la greluche, et son petit clic sur Internet. Retrouvé en un clic, c'est fou ce truc. Elle lui doit de l'avoir retrouvé, revu une fois avant la fin, c'est une dette, elle n'aime pas les dettes, mais celle-ci vaut le coup, on verra pour les agios.

Le revoir c'était bizarre, à la fois exceptionnel et curieux et doux, presque mordant. Et puis revivre le passé, regarder les photos et relire les lignes du cahier bleu fut dérangeant, mais pas tant que ça en fait. C'est surtout le retrouver lui, après tout ce temps qui semble irréel. Ses souvenirs tournent dans son crâne, un manège de foire là-dedans. Angèle n'a pas bougé d'un pouce depuis que sa voisine l'a laissée. Dans la tasse, la tisane refroidie attend encore. Les deux halogènes muraux pointent des lueurs crues sur les chevets. De la chambre d'à côté, une télé envoie des fragments de musique et de pétarade, un western sans doute. Sur le palier, une voix de femme, puis celle rocailleuse d'un homme échangent dans une langue étrangère, nordique, abrupte. Mais Angèle n'entend pas, Angèle ne voit plus. En fait, elle n'est plus là. Elle s'est enfoncée loin dans les méandres de sa mémoire. Elle est allée rejoindre les jeunes gens de la photo.

Ils étaient jeunes, si jeunes, lui guère plus vieux qu'elle, une paire d'années, sur ce cliché où ils apparaissent si près l'un de l'autre. Elle se dit qu'au fond, la rouquine a raison, elle n'était pas si mal avec ce sourire qui fendait son visage et cette longue chevelure bouclée. Le short lui allait bien. Ah, elle donnerait cher pour marcher encore sur ces gambettes-là. Lui, on aurait dit Jean Marais, en plus fin, en plus beau.

Pourtant pas de quoi se la raconter, trois jours d'une vie. Pas même une histoire. Rien qu'un baiser. Un baiser. Un flirt, tout au plus. Oui, rien de plus. Un baiser. Rien qu'un. Elle aimait l'écouter parler. Il parlait, parlait. Chez elle, les hommes étaient des taiseux. Alors un qui parle autant. Elle était subjuguée. Il disait vouloir apporter sa pierre à l'édifice de la reconstruction du territoire. Il disait vouloir marquer son temps, apposer son empreinte aux contours de leur nouveau monde. Elle n'est pas étonnée qu'il soit devenu un grand bâtisseur. Il savait tant de choses. Elle se sentait bête à ses côtés, puis formidablement instruite grâce à lui. Elle passait ses journées sur la plage du lac à l'écouter, les genoux au menton, les yeux distendus à force de le regarder, de l'admirer, elle était son meilleur public. Un matin, il a même réussi l'exploit de la faire entrer dans l'eau, jusqu'au nombril, pour lui apprendre à nager. Le soir venu, à pas de loup, elle mettait les voiles, traversait le bourg à vélo pédalait ardemment cinq kilomètres en campagne pour le rejoindre, s'asseoir épaule contre épaule, à la lueur du feu de camp. Avec lui, elle contemplait le ciel, il pointait du doigt les étoiles, les appelait par leurs petits noms, il disait qu'elles étaient déjà mortes, qu'on en trouverait d'autres bien plus éloignées.

La guitare de Robert vibrait d'accords langoureux pour quelques jeunes gens enlacés. Sur l'autre rive, la guinguette allumait ses lampions, gouaillait des airs à la mode, prenait des allures de bateau ivre. Angèle s'envolait. Elle frissonnait, il l'entourait de ses bras. Jamais un garçon ne l'avait tenue.

Et puis, enfin, il l'avait embrassée. Un long et tendre baiser. Un vrai baiser. Longtemps elle en a gardé le fruit sur ses lèvres. Il y en aurait sans doute eu d'autres, si cette fameuse troisième nuit, son père n'avait pas fait irruption, rouge de colère, lui intimant l'ordre de rentrer sur le champ, à grands coups de taloches sur la tête et de pieds dans l'arrière-train. Une humiliation. André avait beau assurer au père qu'ils ne faisaient rien de mal, et la main sur le cœur, faire valoir un code d'honneur, se mettre en avant pour la protéger des coups. Le vieux ne voulait rien entendre. André aurait pu le faire voler d'un seul revers de main, mais son éducation le contraignait au respect. Et le vieux beuglait, hors de lui :

- Foutez le camp ! Les filles d'ici ne sont pas pour vos paluches. On respecte. Si demain vous êtes encore là, vous tâterez de mon bâton !

Il s'était modéré devant les jeunes gens, avait gardé un langage châtié, visiblement les deux godelureaux n'étaient pas de leur monde. Une fois rentrés, ce fut un déchaînement. Le vieux n'était pas un tendre. Le vieux ne rigolait pas. Il a enroulé son ceinturon à boucle autour de sa main, elle allait comprendre son erreur, elle allait le sentir passer.

Angèle a reçu la dérouillée de sa vie. Ses côtes en furent douloureuses des semaines durant, des pointes d'aiguilles piquaient ses flancs, l'empêchaient de respirer normalement et même de dormir. Sa lèvre du haut, fendue, saignait abondamment, et dans la mêlée, quelques touffes de ses longs cheveux avaient été arrachées, son cuir chevelu était à vif par endroits. La sangle du ceinturon avait laissé de terribles marques sur sa peau, un piqueté de rouge et de violine. Les larges pattes du vieux avaient laminé son corps, il en avait perdu toute souplesse, lui faisant monter des larmes à chacun de ses mouvements. Le vieux avait frappé fort et longtemps. Et durant ce calvaire, comme si ce n'était pas suffisant, il avait fait pleuvoir les insultes. De salope à traînée. Qu'allait dire le village, dévergondée à son âge ? Il allait la tenir serrée. Bien serrée. Il allait lui passer l'envie d'aller faire la jolie, de faire le mur, de mentir. Elle allait filer droit, la jolie. La jolie. Ha ha ha ! Il riait à gorge déployée, transpirait de rage, fou furieux qu'il était, il hurlait. « La jolie » sonnait dans sa bouche comme le pire des outrages, le déshonneur familial, comme s'il prononçait « la putain ». Du ciment coulé. Un nœud d'ulcère. Un souvenir dur et coupant. Un silex sur l'amour-propre d'Angèle, et une haine gonflée à éclater. Le désir violent de voir le vieux mort, baignant dans son vomi et sa pisse, les yeux révulsés.

La rage du paternel a eu une fin, sa fille unique, recroquevillée sur les dalles de ciment, un goût de sang dans la bouche, un gibier à demi-mort qu'il a chargé sur ses épaules et jeté dans sa chambre, en sous-pente du toit. Où elle crevait de chaud l'été, et gelait l'hiver. Mais elle aimait l'endroit, il était à elle, son refuge. Il l'a enfermée là, à double tour, une semaine au pain sec et à l'eau. Les bleus au corps ont fini par virer au violet, au rose, puis au jaune pour enfin disparaitre complètement. Les autres, ceux qu'il a éructés de sa gueule de père castrateur, ceux qui ont cogné, sali sa dignité, sont restés, se sont gravés pour toujours.

Les mots du vieux ont changé le sens de sa vie. Elle n'a eu de cesse que de les lui faire ravaler. Lui faire comprendre la réalité de « jolie ».

Cette nuit-là, un violent orage éclata sur le bourg et ses environs. Des trombes d'eau fouettèrent le toit. Angèle fondit en larmes. Par la lucarne à semi-ouverte, des bourrasques glissaient des respirations d'épouvante et des filets d'eau, elle mit la bassine, pour les retenir. Cette fois, c'était sûr, André allait plier bagages. Elle ne le reverrait sans doute jamais.

La sidération passée, le cœur scarifié, c'est au long de ces sept jours, qu'elle écrivit. Qu'elle coucha sa rencontre avec Lagardère, sur les lignes du petit cahier bleu, de son écriture effilée d'écolière appliquée. Pour ne jamais oublier cet improbable et magnifique André Duloing. Ce garçon pas comme les autres. Celui qu'elle aurait pu aimer d'amour. Qu'elle a aimé. Qu'elle n'a jamais oublié.

Quelques semaines plus tard, Monique lui fit passer une enveloppe contenant trois photos. Et, un demi-siècle plus tard, c'est un pincement pour Angèle, là, sous le sein gauche, vif comme une écorchure, parce qu'il est marié, a oublié, a épousé une châtelaine de surcroît, moche qui plus est. Enfin, pas son genre, massive et chasseuse. Une déception. Lagardère qui épouse une

Milady sans la grâce d'une lady. Peut-être était-elle, elle aussi, différente autrefois ?

51

27 décembre

C'est parti comme ça, d'un coup. Laquelle a lancé l'idée, on ne sait plus, d'ailleurs on s'en fiche. Toujours est-il qu'on y est, à la mer.

Les enfants fous de joie bravent les assauts du vent, bras écartés, certains de s'envoler, la capuche gonflée par les rafales. La marée est basse et leurs pas laissent des empreintes flottantes dans le sable encore mouillé. C'est beau le bord de mer en hiver.

Le ciel gris-bleu se perd dans l'eau, sans frontières ni horizon. Le moucheté blanc d'un vol de mouettes s'incruste dans la toile, elles se rient du vent, coupent le roulis des vagues, plongent et repartent. C'est beau, se disent-elles, le nez emmitouflé et la fesse gelée par le banc en pierre où elles se sont posées, pour mieux profiter du spectacle et de la joie des deux petits, ivres de bonheur. C'est beau. C'est un de ces moments de vie où le temps se coule en bonbon sucé. C'est doux, cela ne demande rien d'autre. Martin crie une chose que l'on n'entend pas, un coquillage entre les doigts. Lily tente une roue qui s'effondre. C'est beau le bord de mer en hiver. Un couple encapuchonné passe, les amoureux sont accrochés l'un à l'autre dans des parkas similaires, mais de couleurs différentes, ils sont devenus jumeaux à force d'une vie à dormir ensemble. Un peu plus loin, un homme, scrute l'horizon, l'œil plissé, sans bouger, comme aimanté, une casquette de marin vissée sur la tête, les mains dans le dos, son pantalon plaqué sur ses cuisses par le vent de face. Imperturbable. Il lit les flots et les bourrasques, une langue que seuls les initiés peuvent comprendre, amoureux éperdus de cette immensité, indomptable. Prêt à y retourner encore, chavirer encore. Un joggeur filiforme, vêtu de textile noir et moulant, le frôle, déviant à peine sa trajectoire. La foulée est rythmée, le souffle apprivoisé, il s'éloigne léger et sans bruit, le regard fixe. Les trois têtes l'ont suivi. Tout de même, c'est beau le bord de mer en hiver.

Le vide s'est fait petit à petit sur la jetée, il n'est pas loin de midi, et à cette heure en France on déjeune. Elles profitent silencieuses. Le temps n'a plus de prise. À peine vingt-quatre heures qu'elles sont parties, mais l'on dirait bien plus. Peut-être parce que ce sont des heures intenses, décalées. Mylène en sas de décompression. Angèle en mue apparente. Térésa en congés payés inespérés. Et chacune à sa manière profite de ce temps-là. Chacune à sa manière, consciemment, paraît y trouver son compte, un second souffle, une liberté. La véritable liberté, celle qui te nourrit de toi-même, abroge les affects anciens, te fait entrer dans une dimension hors limites où tu atteins le ciel rien qu'en disant que tu peux le toucher, parce que ton être tout entier fait partie intégrante du monde. Assises là, elles communient.

- Maman, maman ! appelle Lily. J'ai faim !
- Moi aussi, dit Martin, le bonnet sur les yeux et les narines en gouttières.
- Maman, tu entends ? s'impatiente la voix fluette de la petite fille.
- Oui, eh bien, nous allons déguster des huîtres, déclare soudainement Mylène.
- Beurk, font en chœur les enfants.

Toutes les trois sont debout dans un même élan.

C'est beau le bord de mer en hiver.

52

Sultane allonge le bras, tatone, trouve l'interrupteur, en soupirant. Elle n'a pas fermé l'œil de la nuit, bonne poire elle est restée à ses côtés à lui tenir le front, à le regarder rendre ses tripes, à tout nettoyer. La lumière fait émerger Antoine. Il grogne deux mots inaudibles, bestiaux, avant de se redresser, hébété, l'œil fendu, ébloui, la mèche en houppette sur le nez. Sa soigneuse soupire à nouveau.

- Putain, j'suis où ?
- Dans ton lit.
- Sultane ?

Aussitôt il s'affole, tire la couette, cache son torse nu. Un réflexe idiot. Une vierge effarouchée, se dit Sultane, c'est bien à la hauteur du bonhomme, ce n'est pas comme si elle ne l'avait jamais vu à poil. Elle se lève du fauteuil où elle l'a veillé, les mains rentrées dans les manches de son sweat et les genoux au menton.

- Oh non, geint-il, qu'est-ce que tu fais là, Bon Dieu !
- Ah bien merci, tu ne te souviens de rien ?
- Non ? Ne me dis pas qu'on a couché ensemble, ne me dis pas ?
- Tu ne vas quand même pas te mettre à chialer ?
- Ah !

Antoine se tient la tête entre les mains. Devant l'état du mec, elle préfère ne pas jouer, il va lui péter une crise de nerfs. Elle met les choses au point.

- On n'a pas couché, et ce n'est pas parce que tu ne voulais pas.
- J'avais bu hein ?
- Ouais, et t'étais sacrément en rut, le brame du cerf en plein mois de septembre ! Tu étais prêt à te ramener, beurré, chez moi.
- Aïe ! Dans cet état…
- Oui, alors je suis venue, pas eu envie que tu abîmes ta petite gueule contre un platane. Je suis venue te foutre sous la douche. C'est tout ce que tu as eu. Une bonne douche bien froide et un café bien chaud. Tu as tout dégobillé. J'ai nettoyé. Trois heures que tu dors comme un bébé, que je somnole. Bon ben, je vais rentrer maintenant.
- Putain ! Je suis con.
- Oui.
- Merci.
- C'est le moins que tu puisses dire. Je suis trop

bonne avec les petits cons de ton espèce.

- C'est vrai que t'es…
- Sympa. Tu veux dire sympa.
- Oui.
- Allez, je rentre, on bosse dans deux petites heures.

Antoine se détend, sourit.

- Merci. T'es belle comme ça. Je ne t'avais jamais vue comme ça.
- Comme ça ? Sans rouge à lèvres, en jean large et troué, la capuche sur la tête ? Elle rit, tourne sur elle-même, mimant le phrasé et l'attitude d'un rappeur. C'est moi aussi, je suis de la mauvaise graine comme dit ma mère !
- Arrête, arrête, tu vas me faire bander ! Et je n'y tiens pas.
- Tranquillise-toi. Tu n'auras plus rien de moi. Juré. Craché.
- Bah de toute façon je ne pourrais plus. Ne m'en veux pas, en plus c'était bien, vraiment bien. Ce n'était pas que du… Enfin, tu vois.
- Oui, oui, je vois, ne te bile pas, dit-elle en montrant des dents blanches et parfaites. J'ai de la ressource monsieur le directeur. Je rebondis, ajoute-t-elle en se frappant une fesse du plat de la main. Au fait, elle est où ta Mylène ?
- J'sais pas. En vadrouille avec la vieille, la voisine.
- Non ? Celle qui a… Enfin je pense que tu as compris ?
- Oui, celle-là.

- Étrange.

Antoine déglutit. Un frisson lui parcourt l'échine, lui rappelle qu'il n'a pas gagné la partie.

Mylène, bon sang ! Mylène !

53

Son téléphone siffle deux notes et danse sur lui-même, sans même y jeter un œil, elle l'étouffe d'une main lasse, le retourne face contre la nappe blanche. Elle reprend sa position, accoudée à la table le buste cambré, happée par la grâce d'un soleil ocre rouge préparé à disparaître dans l'eau, elle lui tend son visage, se laisse caresser.

Le restaurant, tout vitré, domine la baie. La salle à cette heure est quasi vidée de ses clients. L'air marin a eu raison des petits, écroulés de fatigue chacun sur une banquette. Elle aussi s'allongerait volontiers pour une sieste. Les deux verres de chardonnay font leur œuvre, engourdissent voluptueusement sa tête et son corps. Le patron a promis des chambres pour ce soir, elles ont de la chance, sans réservation, durant les vacances scolaires, ce n'est pas évident de trouver de quoi se loger dans la région, mais cette année c'est plutôt calme. L'homme a les yeux café noir, c'est bon de les voir s'accrocher à ses lèvres, rouler vers le bas de son dos, c'est bon la manière dont il la regarde, pleinement. Elle s'y prend à ce désir qui frôle, qui ouvre. Elle a envie. Elle pourrait. Elle peut. Mylène est bien, là, au beau milieu de cette douceur, inhabituelle et libre. Elle oublie tout. Son téléphone danse à nouveau. Dérangeant. Sonne à nouveau. La même sonnerie. Celle qu'elle lui a attribuée. Elle la laisse jouer jusqu'au bout, imperturbable dans sa rêverie, la laisse atteindre sa messagerie.

- Excusez-moi, c'est lui, encore ? Interrompt Teresa, cassant l'instant.

Mylène hoche la tête.

- Je me mêle probablement de ce qui ne me regarde pas, mais vous devriez lui répondre.
- Non, je ne crois pas non.
- Au moins, lui donner des nouvelles des enfants. Il doit s'inquiéter.
- Il en aura, ce soir ou demain. Je ne suis pas disponible pour le moment.
- Ce n'est pas simple l'amour.
- Il n'y en a plus.
- Ça, c'est ce que vous croyez.

La réflexion de Teresa a sorti Mylène de sa torpeur.

- Non. J'en suis certaine !
- Ah.
- Dites, vous venez de passer votre BAFA spécial couple, ou quoi ?

- Non, je… excusez-moi…

Angèle, qui glissait elle aussi vers une doucereuse somnolence, écarquille les yeux. Elle a loupé quelque chose ? Elle scrute ses voisines de table sans demander à en savoir plus. Ces dernières heures, Angèle s'est réfugiée dans le silence. Il lui fait du bien. Elle suit la troupe sans rechigner, elle abonde grégaire. C'est tout. Et elle profite. Des années qu'elle n'avait pas gueuletonné de la sorte. Huîtres. Plateau de fruits de mer. Petit vin blanc. Elle digère. Elle pense tout à coup à Gérald. Il en ferait une tête de la voir attablée avec ces deux-là, à quelques encablures d'une année nouvelle.

C'est curieux. Gérald, elle l'avait oublié. Teresa, n'est pas du genre à lâcher une cause, surtout quand elle la pense juste et justifiée.

- Plutôt déroutante à suivre, la personnalité de la dame hier ?
- Qui ?
- La montreuse de chatons.
- Ah… Oui, répond évasivement Mylène, en jetant un regard à Angèle.
- Enfin, quand je dis déroutante, plutôt ambiguë.

Teresa ne lâchera pas.

- Passer en un clin d'œil de tueuse de cygnes à montreuse de chatons, cela met mal à l'aise, non ?
- Oui, non… En fait, je ne me suis pas posé la question. Ce qui m'ennuie davantage c'est que depuis Lily et Martin me réclament un chaton.

Teresa a décidé d'aller au bout :

- Savez-vous que le cygne reste en couple avec le même partenaire, sa vie durant, jusqu'à ce que ce soit la mort qui interrompe le lien ?

Mylène hoche la tête. Mais la jeune nounou ne lâche pas :

- Vous vous rendez compte de ce que cela veut dire ? Cette dame a fait de l'autre cygne un malheureux, à vie. Elle aurait mieux fait de le tuer aussi. On dit que certains de ces oiseaux vont jusqu'à se laisser mourir de chagrin.

Cette fois, Angèle lève le nez, la mâchoire décrochée.

Mylène sourcille, ironise.

- Et pas d'adultère ? Incroyables ces oiseaux !

Teresa ne se démonte pas. Elle sourit.

Et, contre toute attente, les yeux clos, d'une voix feutrée, elle se met à fredonner ; cela ressemble à une berceuse, c'est un chant d'amour :

Sur son lac de brume

Seul il se tient droit

Pleurant sous la lune

Le dernier roi

De la bavière

A perdu sa compagne hier

Il replie son cou

Sur les reflets flous

De l'eau qui frissonne

Il s'abandonne
Et dans la pluie
Un cygne meurt au ralenti
Si tu t'en vas, souviens-toi
Souviens-toi
Que ma vie s'éteindra presque aussitôt
La solitude a toujours fait mourir les oiseaux

- Elle est belle ta chanson, dit timidement Lily réveillée par la mélodie.
- Oh c'est gentil ma puce, je te l'apprendrais si tu veux ?

L'enfant fait oui de la tête. Ce n'est rien de remarquer que les deux autres voyageuses sont bouche bée. Évidemment, elles ne s'attendaient pas à cela. Évidemment. Une Joan Baez, défendant l'opprimé et bien au-delà. Teresa sait qu'elle a fait mouche, utilisé la bonne arme avec cette chanson qu'elle tient de sa maman.

Il fallait percer profond. C'est fait !

54

29 décembre

Depuis qu'elles sont rentrées, un machin lui pétrit les méninges. Un truc, elle ne sait pas quoi. Cela ne veut même pas sortir de son gosier. Cela obstrue, reste coincé dans le fond. C'est curieux d'ailleurs, on dirait qu'elle n'arrive plus à articuler la moindre phrase.

Angèle pense qu'elle couve quelque chose, que l'air de la mer, finalement, ce n'est pas si bon. Et puis, il n'y a pas que ça, depuis leur retour, sa maison se montre étrangère. À croire que ce n'est plus chez elle. Elle aurait envie de tout y changer, alors que cela fait des années que tout dort dans son jus. Mais ce n'est pas si simple, ce n'est pas que ça. Au fond elle sait, elle sait que ce chambardement, elle le doit au fait de l'avoir revu.

Sa vision du monde en est toute chamboulée. Pourquoi lui a-t-elle dit que la greluche était sa fille ? Pourquoi a-t-elle l'impression bizarre qu'on lui a enlevé un morceau d'elle-même ? Pourquoi n'a-t-elle plus le même goût pour le malheur des uns et des autres ? Angèle est déboussolée. Sans parler de cet air qui tourne dans sa tête : Si tu t'en vas souviens-toi, souviens-toi que ma vie s'éteindra presque aussitôt… Il y a encore quelques jours, elle en aurait pissé de rire. Là, ça coupe comme du verre. Non, décidément Angèle ne se reconnaît plus. La rouquine aussi est à côté de ses chaussures, elle le voit bien, et pour dire, cela lui fait de la peine. De la peine ? À elle Angèle ? Comment peut-elle même le penser ? On lui a tordu le cerveau.

Mylène de son côté n'arrive plus à réfléchir. Ses idées sont obturées. Elle sait pourtant qu'il lui faut à présent passer la vitesse supérieure, trouver un vrai boulot, parce que ses quelques heures par-ci par-là ne suffiront pas. Elle sait qu'elle doit chercher un logement, redémarrer sa vie, sa vie de femme seule. Mais un mystérieux élément est venu gripper le rouage et la mise en route ne se fait pas, l'allumage s'étouffe comme épuisé par avance. Elle ne sait pas pourquoi. Elle devrait sans doute appeler à l'aide le docteur Alban. Il aurait la clef, lui. Mais si c'est pour l'entendre seriner qu'elle a rechuté, non merci. Elle n'est pas en déprime. Elle a juste un coup de mou. C'est normal dans sa situation. Et puis Angèle l'inquiète. Elle parle à peine. Elle préférait la vieille qui portait l'estocade, au moins, elle était vivante. Mylène s'en veut, son petit stratagème n'a fait que bousculer les habitudes de sa voisine. Les enfants, eux, sont rentrés à la maison avec Teresa. Elle a préféré ne pas parler à Antoine. Un texto a suffi pour lui apprendre leur retour. Il a répondu : MERCI.

Merci. Rien d'autre. Ça chagrine Mylène ce merci. Comme si les ponts étaient coupés. Comme si plus jamais il ne lui dirait autre chose. Depuis, elle n'a même pas osé jeter un regard à la véranda, du haut de son observatoire. Comme si elle était elle-même en défaut. En défaut d'espionnage. Ce « merci » a coupé les ailes de Mylène ! Ce « merci » sonnerait-il le glas ? Est-ce ce « merci » qu'elle n'encaisse pas ?

Si tu t'en vas, souviens-toi… Souviens-toi que ma vie s'éteindra presque aussitôt… La solitude a toujours fait mourir les oiseaux.

- Et merde, au diable !!

Merci, il a dit, merci. Elle aurait sans doute dû l'appeler. Entendre sa voix cela l'aurait rassurée. Rassurée ? Elle a pensé « rassurée » ?

55

30 décembre

La matinée est maussade. Du gris rien que du gris, oppressant ce ciel sans nuages. Angèle enfonce son chapeau jusqu'aux oreilles, boutonne son manteau jusqu'au menton. La greluche la reluque, perplexe, faisant la moue.

- Quoi, y'a un problème ? demande Angèle le sourcil en circonflexe.
- Rien, souffle sa colocataire, c'est juste que, vous n'en n'avez pas marre de votre costume de plus vieille que votre âge ? Regardez-vous bon sang ! C'est très moche !
- Et alors ? Si cela me plaît à moi ? J'ai toujours fait plus que mon âge.
- Angèle, je connais votre âge, vous n'avez que soixante-dix ans !

- Et onze, soixante et onze ans !
- Un an ne change pas grand-chose. Avant de vous connaître, je vous en donnais quinze de plus ! Enterre Mylène.
- C'est bien quinze, ça me va ! Fait Angèle en élevant la voix, avant de claquer la porte au nez de la jeune femme, interloquée.

Angèle marche d'un pas rapide, réchauffe son squelette et ses chairs. Elle sait. Elle sait que son accoutrement lui a souvent valu des quolibets, surtout du temps où elle travaillait. « La vieille fille » qu'on l'appelait, même après ses noces avec Gérald. Elle sait. Mais c'est aussi ce qu'elle a voulu. Elle a endossé l'habit de vieille, comme certaines prennent le voile, même si elle n'entend rien à ces choses-là, ça doit être du même acabit. Peut-être que si elle avait été élevée dans la religion, elle serait entrée au couvent, aurait exercé l'art qui a mené toute sa vie au sein de cette communauté. On l'aurait renvoyée pour méchanceté envers autrui. Elle en sourit et accélère le pas. Le vent s'est renforcé la pluie menace, elle n'a pas de parapluie, heureusement, elle a solidement vissé son couvre-chef.

Angèle n'a pas fermé l'œil de la nuit. Elle a tout revu. Tout revécu. Sa rencontre avec André, jusqu'au baiser. Cette douceur jamais oubliée, jamais retrouvée. Et puis elle a revu le vieux, senti les coups, mais ce n'était rien, elle était habituée. Non, ce qui la blesse encore aujourd'hui ce sont les mots. Un assassinat aux mots. Le meurtre parfait. Des mots orduriers, pour salir à jamais.

Avant de commencer, le ceinturon en main, il a dit, « crois-moi, je vais te passer l'envie de faire la jolie », oui c'est ce qu'il a dit. Après sept jours au cachot de sa chambre elle est sortie pour rentrer dans le rang. Mieux, dans l'ordre de la vieille. Sans chercher à revoir André, minée de honte. Monique, pour la consoler, lui a offert les photos qu'elle avait prises. André et elle allongés dans l'herbe souriant au ciel, tous les deux un bras replié sous la tête. Et celle où ils posent sur le ponton en bois, épaule contre épaule, clignant des yeux sous le soleil d'été. Et la photo du lac, la guinguette et les lampions en fond. Trois photos, son trésor. Le vieux, elle se l'est juré, s'en mordrait les doigts. Elle lui ferait ravaler sa langue à tout jamais. Elle, sa fille unique, ne serait la jolie de personne, un jour il en aurait honte et elle aurait sa vengeance. Ainsi, elle endossa l'habit, l'accoutrement pour déplaire, d'abord à son père, puis aux autres. Avec soin elle apprit à transformer son apparence, devint même comptable pour éviter de sourire, et sans se forcer, petit à petit, ne fit plus jamais la jolie. Quelques années passèrent avant qu'un soir, pas loin de ses vingt-cinq printemps, le vieux aboya en suffoquant : « regarde-toi laideron, on ne te mariera jamais, regarde-toi, tu n'as rien de gracieux, fais un effort, tu me fais honte ». Elle avait gagné et elle en avait pleuré de joie. Oui, elle avait gagné, elle lui avait fait ravaler son venin de la meilleure façon. Elle avait gagné, et à la fois perdu. Perdu tout ce qui faisait d'elle une jolie. Oh, ce n'est pas tant qu'elle était belle, non, on ne se pâmait pas sur son passage, mais elle avait un petit quelque chose dans les yeux et sur le bout de sa frimousse, un petit quelque chose, une flamme vive qui s'allumait délicieusement, faisant étinceler son sourire.

Le vieux avait tout soufflé, la flamme et la bougie. Tout s'était éteint en elle et hors d'elle. Alors, lentement, elle s'était mise à haïr les gens heureux, à détester le bonheur et tout ce qui va avec. Petit à petit elle avait pris goût au malheur des autres. Petit à petit, elle trouva délicieux de voir se déchirer leur ciel bleu.

Et ainsi, après des années et des années à se tanner le cuir, à faire ruisseler leurs eaux heureuses sur sa peau imperméable aux sentiments, après des années de bons et loyaux services au dédain de toutes ces mièvreries, la voilà aujourd'hui, petite vieille avançant courbée face aux rafales de l'hiver, faisant amende honorable, avec la mission qu'elle s'est imposée, une mission pour faire tourner le vent.

56

Chaque fin d'année cette velléité épate le directeur, celle qui pousse les consommateurs à mener une guerre d'affamés, à remplir frigos et ventres jusqu'à la lie. Remarque cela lui va, elle fait marcher son commerce, mais quand même, ils en bouffent des kilos, des litres, des mètres. Cette manie de bâfrer, gaspiller, alors qu'ailleurs, pas si loin, on meurt de faim. Antoine en cette période culpabilise toujours. Cette année un peu plus. Il se sent plus proche de ceux qui n'ont rien. Il a tout perdu. Il est en survie. Un pas après l'autre. Une heure après l'autre. Un jour, non, un jour c'est déjà trop. Demain, impensable. Il en vient à croire que les minutes se sont gonflées de nouvelles secondes, que le temps a poussé hors limites, comme la pâte des brioches que fait miraculeusement lever Mylène sous les yeux ébahis des enfants.

Des images de bonheur qui le hantent. Même la plus infime banalité qui composait leur vie a pris une importance considérable, tout lui manque de sa vie d'avant, d'avant sa connerie. Il sent son cœur rétrécir. Ses poumons manquer d'air. Ses mots s'épuiser. Il relit son dernier message :

« Les enfants et Teresa seront à la maison ce soir. Tout va bien. »

Et, comme un con, il a répondu « MERCI », en majuscules ! Merci… Il faut être vraiment con, très con. Une connerie de plus, en cinq lettres. Il n'avait pas envie d'ajouter autre chose, de lui en dire plus, vexé qu'il était encore, parce qu'elle était en vadrouille sans autre explication, qu'elle avait emmené les enfants, qu'elle avait pris ses quartiers chez la vioque, qu'il se sentait abandonné. Encore plus con. Le soir, il a retrouvé ses petits. Il les aurait bouffés tant il était heureux.

Lily, d'un revers de manche, essuyait les baisers à pleine bouche de son père, qu'elle appelait baveux, en fronçant le nez. Martin rigolait montrant des dentines de souriceau, en redemandait. Joyeux, les joues rouges et les yeux brillants, ils ont raconté, essoufflés de bonheur, la plage et les vagues, un château avec des chatons, une dame avec un fusil. C'était étrange. Antoine n'a pas osé en demander plus à Teresa. Il s'est même senti jaloux d'elle. Jaloux de son voyage avec eux. Quand même, un fusil ? Une arme devant des enfants, les siens de surcroît ! Après ils ont réclamé un chaton, un blanc et noir, comme ceux de la dame du château. Martin s'est mis à pleurer, refusant son dessert. Teresa les a amenés au lit. Lui, n'avait plus de mots. Son cœur essoré. C'est là, qu'il aurait aimé lui écrire, l'appeler, lui parler, lui dire. Oui, lui dire qu'il ne pourra pas continuer sans elle. Comment peut-elle continuer sans lui ? Ça, c'est ce que son esprit ne peut dépasser, il bloque là, comme si l'après était impossible. Comment font les autres qui se quittent et pourtant continuent à vivre ? Lui n'en aura pas la force. Il l'a compris. Demain, demain ce sera le dernier jour de l'année et il mettra un terme à son existence, fin à sa vie. C'est décidé. Tout est clair. Évident. Cela ne peut être autrement, se dit-il la gorge nouée. Il ne sait pas encore de quelle manière il procédera, mais il va trouver, il lui faut du simple, efficace, une corde autour du cou fera l'affaire. Il sent déjà la paix qu'insufflera la mort. Plus rien ne lui importe à présent. Antoine ferme les yeux, les épaules calées dans son fauteuil, il lévite, il n'est plus là.

- Permettez ? Fait une voix dans son songe, l'obligeant à atterrir.

C'est Angèle, entrée comme chez elle, sans l'ombre d'un scrupule, se laissant choir sur l'une des chaises face au bureau du directeur.

- Vous ? Dit Antoine choqué par l'apparition, la bouche mauvaise.
- Oui, moi. Et alors ?
- Et alors, et alors ? Non, mais vous ne manquez pas de culot ! Sortez.

- Oh, baissez d'un ton jeune homme. Offrez-moi un verre d'eau, j'ai la langue sèche.
- Langue de serpent, oui !
- Arrêtez les compliments vous allez me faire rougir. On passe à autre chose !
- Vous m'énervez. Vous n'avez rien à faire ici. Dégagez.
- Non.
- Comment ça non ?
- Pas avant de vous avoir dit ce que j'ai à vous dire.
- M'en fous de ce que vous avez à me dire.
- Certainement pas. Question de vie ou de mort.

La vieille a scotché Antoine. Elle aurait lu en lui, qu'elle n'aurait pas mieux dit.

- De vie ou de mort, vous ne savez plus ce que vous racontez, fit-il en baissant le regard.

Un silence se pose entre eux, un nid entre deux branches. Angèle attrape au vol l'instant pour lui voler dans les plumes. Le choquer. Dressée sur sa chaise, droite comme un i, forçant sa voix, frappant d'un poing rageur le bureau. Un prêcheur haranguant la foule. :

- BATTEZ-VOUS SACRE BLEU ! Hurle-t-elle d'un coup.

Antoine sursaute, électrocuté.

- Me battre, me battre ? Mais vous êtes cinglée ! Et contre qui je vous prie ? Si c'est contre vous, cela va être vite vu !
- Ah punaise, vous êtes bouché à l'émeri ! Je me demande bien ce qu'elle vous trouve ! Vous battre,

complet idiot, POUR LA RÉCUPÉRER ! C'est clair comme ça ?

Ah oui, çà, c'est clair. Une gifle. Reçu cinq sur cinq. Un choc aussi stupide qu'une révélation. La seule chose qui ne lui était pas venue à l'esprit. Se battre. La récupérer. Ne pas la laisser s'envoler. Bon sang ! En un tour de main, c'est comme si la vieille avait remis les pendules à l'heure. Gonflé Antoine d'un espoir sans limites. En un bond, il est debout, prêt à dévorer la vie à… Avant de se rasseoir, l'œil perdu, et puérilement demander à sa coach du jour :

- Mais comment ?
- Hé ben vous, on peut dire que vous en tenez une couche !
- Je ne vous permets pas ! Y'a un truc que je ne pige pas. Pourquoi après nous avoir si bien détruits, vous voudriez nous voir à nouveau ensemble ?
- Parce que vous vous aimez.

Jamais Angèle ne se serait crue capable de prononcer de telles paroles.

Jamais Antoine n'aurait cru cette horrible pie, capable de lui montrer le bon chemin. Comme quoi !

57

Si on le lui demandait, elle dirait, sans chercher, que cela fait des semaines peut-être même des mois entiers qu'elle n'a pas mis un pied au cimetière. Cela fait juste une semaine. Une petite et si longue semaine.

Angèle traverse les allées, le chapeau à la main, l'air ailleurs et pourtant bien là. Elle déambule sans jeter un œil curieux aux allongés qui autrefois, il n'y a pas si longtemps, comblaient délicieusement sa vie. Elle avance à petits pas vers la tombe de son Gérald, un 30 décembre, un jour sans visiteur aucun. Personne pour souhaiter une belle fin d'année ou une excellente heureuse nouvelle année et une bonne santé aux habitants de l'au-delà. Autrefois, il n'y a pas si longtemps, elle en serait morte de rire d'un bon mot comme celui-là. Là, elle lève une main lasse et suit du regard un vol de moineaux dans le ciel gris.

À vrai dire, Angèle est perdue, ses repères désaxés. Elle se plante devant la tombe sans même l'envie d'y poser son foulard, ni y asseoir son postérieur. Elle se tient debout face à Gérald, sans un mot, raide comme la justice et les mains en croix sur son estomac. Statufiée. Une première pour Angèle. Elle s'en rend bien compte, là devant lui, elle a tourné la page. Elle frissonne et sans comprendre, laisse couler des larmes. De vraies larmes, d'un vrai chagrin. Angèle pleure comme si elle pleurait pour la première fois. C'est bizarre. C'est bon. C'est chaud. C'est une petite musique dans sa poitrine. Il lui semble à nouveau entendre la jeune fille de quatorze ans. Elle la sent vivre dans son corps. Il lui faut oublier les aigreurs posées sur son cœur, c'est en train de se faire, elle le sait. Le vieux est mort depuis longtemps, enterré dans un autre cimetière où elle n'a jamais mis les pieds. Sa rancune a été tenace. Sa vie saccagée. Faut-il être bête quand même. Elle regrette, mais c'est trop tard.

Devant André elle s'est inventé une fille, une vie. Remboursée d'un mensonge. Au fond qu'a-t-il pensé d'elle ? Cela n'a pas d'importance, c'est trop tard là aussi. Que serait devenue leur idylle si on l'avait laissée croître ? Rien peut-être, une amourette, un feu de paille, un grand amour, qui peut savoir ? Gérald et elle, pourquoi s'étaient-ils unis ? Pour sûr, pour mettre leurs économies en commun, ces deux-là étaient prévoyants. Elle sourit à la tombe. Mais encore ? Un peu de chaleur humaine à partager ? À quarante ans, elle était encore vierge, cela avait déboussolé le bonhomme. Au lit il était malhabile, elle était mal à l'aise. Ils n'ont pas tardé à faire chambre à part. Ils ont vécu comme deux colocataires et c'était bien comme ça. Oui, bien, comme ça. Angèle frissonne. Le vent s'est renforcé, elle enfonce son chapeau jusqu'aux oreilles, quitte le cimetière le pas tranquille, sans avoir émis le moindre son, le pouls calme et le cœur serein.

Elle ne joue plus à être mauvaise. Elle n'a pas été jolie, elle ne le sera plus, elle n'en n'a plus les moyens. Elle est elle-même. Angèle. Et, ce n'est déjà pas si mal et pas si facile, d'être soi. Elle a fait table rase du passé, et c'est à Mylène qu'elle le doit.

58

31 décembre

Les yeux lui piquent, elle a passé la matinée rivée à l'écran de son ordinateur, à consulter les petites annonces en tous genres et faire chou blanc. Rien ne valait la peine. Rien pour la suite à entamer. Aussi, quand Teresa lui propose la visite d'un appartement à louer, pas encore sur le marché, elle n'hésite pas. Une aubaine. Le logement de sa cousine, elle déménage pour rejoindre son nouveau compagnon. On se quitte, on se rejoint. La vie. Et puis, il y a urgence, les enfants ne comprennent plus pourquoi maman vit chez la voisine. Elle a beau expliquer : « Madame Hazard est âgée, je dois l'aider, elle pourrait à nouveau tomber ». Ils la regardent bizarrement. Lily a rétorqué hier, pleine de bon sens : « mais nous aussi on peut tomber ». Une flèche en plein cœur.

D'autant que la vie chez Angèle est devenue étrange. La vieille dame a changé depuis leur retour. Aucune remarque déplaisante. Des pas feutrés. Des sourires en coin. Franchement, c'est flippant. Mylène en vient à penser qu'elle lui réserve un chien de sa chienne. Un retour à l'envoyeur. Une vengeance à ce que la jeune femme pensait être une bonne action. Bref, elle doit se barrer et vite. On va la retrouver morte, empoisonnée à la mort aux rats ou étouffée sous son oreiller. Ces pensées malsaines attisent une panique intérieure, une brusque bouffée de chaleur lui incendie les joues. Elle devient parano. Elle va finir par appeler le docteur Alban, c'est tout ce qu'elle aura gagné : les médocs et l'hosto. Non, surtout pas. Voilà où elle en est en ce 31 décembre, la fin d'une vie, le début de quoi au juste ? se demande-t-elle à s'en tordre les boyaux.

- Bon, coupe Teresa, ce n'est pas ce à quoi vous êtes habituée, mais il est propre avec trois chambres et bien situé.
- C'est tout ce dont j'ai besoin.
- Oui tout ce dont j'ai besoin. Répète Martin en perroquet.

Lily réprimande son frère. Les jeunes femmes échangent un sourire.

- Nous y sommes, l'immeuble, là, devant, annonce la conductrice en s'engageant sur le parking.
- Ah oui, c'est pas mal, c'est un bel immeuble.
- Il est assez récent.

Teresa fait tinter les clefs, appelle l'ascenseur. La gorge de Mylène se noue davantage. Elle fait la visite sous cloche de verre. Passe en apnée d'une pièce à l'autre, trouvant tout joli et à sa convenance, sans rien en voir, pas même la vue sur les collines, du haut de ce troisième étage. Les enfants, eux, ont déjà décidé de la chambre de chacun. Et, sans trembler, c'est d'une voix emballée qu'elle assure :

- C'est bon, je le prends !

Sans être certaine que ce soit bien ou que cela soit vraiment ce qu'elle veut. Juste parce qu'il faut. Quand Teresa referme la porte, elle se demande même si elle n'a pas rêvé. Voilà, elle est logée. Sa vie, loin de sa maison, loin d'Angèle, sa vie à elle. Elle va pouvoir revivre. Revivre ? Quelle vie ? Pourquoi d'ailleurs une nouvelle vie, pour vivre quoi ? Elle ne sait plus.

- Cela vous convient réellement ? Demande la nounou sur le chemin du retour, inquiète du mutisme de la jeune maman.
- Oui. Parfait. L'école pas loin. Je reste sur la ville pour le moment, c'est très bien.

Pourquoi le moment ? songe Mylène prise d'une angoisse sans nom. Il y a quoi après ? se retient-elle d'hurler. Elle enfonce ses ongles dans le siège de la voiture. Si tu t'en vas souviens-toi que ma vie s'éteindra presque aussitôt la solitude a toujours fait mourir les oiseaux… Marre de ce refrain. Elle pense soudainement à certaines de ses amies divorcées. Elles l'ont fait. Je le peux.

Pourquoi, ne le pourrais-je pas ? En rentrant elle les appellera, toutes, elles seront de bons conseils. Elles l'aideront. C'est certain. La solidarité féminine, surtout dans ce cas, est bien connue. Solidarité féminine, son nouveau crédo. D'une main impatiente elle farfouille dans son sac, à la recherche d'une minuscule boîte en plastique vert qui ne la quitte jamais, elle tient à l'abri de petites pilules blanches, les pilules du docteur Alban, à fondre sous la langue, en cas d'urgence. Et, c'est sans jeter un regard derrière elle qu'elle disparaît, avalée par la porte d'entrée, aspirée par les ténèbres de la tanière d'Angèle. À l'arrière du Némo, les enfants, eux, agitent la main, envoient des baisers en attendant un au revoir. Il n'y en aura pas. Leur maman n'a plus la force d'affronter leurs visages d'anges. Teresa suit la scène, sourit intérieurement, annonce pleine d'entrain une tournée de crêpes mémorable, tout en manœuvrant pour se garer le nez face au garage des Jonas. Elle sourit encore en coupant le contact, comme si dansait dans sa tête une nuée de petites fées. Les yeux des enfants, eux, sont toujours accrochés à la porte de la voisine.

Dans la pénombre du vestibule, Mylène se débarrasse de son manteau, laisse tomber à ses pieds son sac à main, soudainement vidée, essorée, au bord d'une crise de larmes, à un doigt de l'évanouissement. Cette visite d'appartement l'a achevée. Elle n'y comprend rien. Cette perspective aurait dû la dynamiser. Non, elle est anéantie. Pour parfaire le tout, une odeur d'oignons frits monte de la cuisine, lui agresse les narines, porte sur le cœur, emplit l'espace à dégoûter. Angèle serait-elle aux fourneaux ? Une première ! Si c'est le cas, ce jour est à marquer d'une pierre blanche, la vieille dame ne cuisine plus. Aurait-elle enfin décidé de faire plaisir ? Pour un peu, elle s'en voudrait presque d'avoir à lui annoncer son prochain départ, de l'avoir si mal jugée ces derniers jours. Mylène sait à présent que sa voisine traîne des souvenirs aussi lourds qu'une pierre autour du cou. Du fait, elle réunit ses dernières forces et fait irruption dans la cuisine, tête haute, affichant une mine qu'on pourrait croire gourmande. Angèle a enfilé sa blouse bariolée, en nylon, celle des jours de ménage, sans manches et zippée devant. Mylène la connaît bien. Elle est dos courbé face à l'évier où le robinet coule à grandes eaux, en train de laver quelques légumes.

- Ben Angèle, vous me sortez le grand jeu ce soir, cela sent bon, c'est quoi ?
- Ton plat préféré.

La voix est mâle, reconnaissable entre toutes. C'est un choc. Celui de trop. Elle vacille. Son corps entre en fusion, ses jambes se dérobent, son cœur explose. Elle pivote sur elle-même avant de s'affaisser de tout son poids. En deux enjambées, les bras en corolles, il la cueille au vol, lui évitant de se fracasser lourdement sur le carrelage.

- Ce n'est rien ma chérie, rien qu'un malaise vagal…

Antoine connaît bien la marche à suivre en de telles circonstances. Relever les jambes. Rafraîchir. Aérer. Il tire à eux l'une des chaises, pose délicatement les pieds de sa femme sur l'assise. Lui caresse d'un torchon humidifié le front et la nuque. Elle n'est pas longue à reprendre ses esprits, à ouvrir de grands yeux surpris, de grands yeux fatigués comme au petit matin d'une nuit de tempête.

- Chut, fait-il en la berçant, ne bouge pas, reste calme, chut, ne dis-rien.

Ne rien dire ? Pourtant, son mari en bras de chemise, la blouse en nylon d'Angèle sur le dos à faire sauter des petits légumes dans les poêlons de celle qu'il nomme la vieille bique, y'a de quoi se poser des questions quand même ! Mais Mylène sent bien que cet instant est une trêve, un point décisif dans leur match, un je-ne-sais-quoi anachronique et extraordinaire, un truc tout bête, subitement de la plus haute importance.

- Chut, continue à susurrer Antoine comme s'il avait peur de réveiller la tigresse.

Il l'aime tellement comme cela, à lui, rien qu'à lui, petit oiseau tombé du nid. Il sait qu'il ne doit pas la serrer, qu'il doit la laisser respirer, mais c'est trop bon, sa tête sur ses genoux, les mèches fauves qu'il ramène tendrement sur l'arrière de son front, la respiration qui lui soulève délicieusement la poitrine, le souffle échappé de ses lèvres entrouvertes. Elle est belle, si belle. Il la désire follement. Il pourrait lui faire l'amour sans se lasser des heures entières, des jours entiers, une vie entière.

- Chut, voilà c'est bien, respire, respire, chut…

Elle ne dit rien. Elle se laisse bercer. Elle aurait envie que plus rien ne bouge. Ni la petite aiguille des minutes, ni la grande des heures. Et surtout pas lui. Elle aurait envie que sa tête oublie tout. Elle aurait envie de n'être plus que deux sur terre. Elle aurait envie. Envie. Et puis, tout à coup, elle a froid, mal au dos, le carrelage dur sous ses fesses, et puis les fourmis dans les jambes, elle se sent ridicule en position de faiblesse, et puis sa tête reprend le dessus.

- C'est bon, je vais mieux, réagit-elle, au bout d'un moment indéfinissable en se dégageant vivement des bras d'Antoine.

Elle se relève déjà. Il la sent s'échapper. Une biche qu'on attrape du regard et qui se glisse entre les arbres pour disparaître. Hors de question. Impossible. Premier round de son combat. Il ne va pas baisser les filets, jeter l'éponge aussi facilement. Elle est là. Il va tout faire pour la garder.

- Où est Angèle ? demande-t-elle subitement craignant le pire.
- Elle va bien, rassure-toi.
- Où est-elle, que lui as-tu fait ?
- Mais rien, enfin voyons ! Elle va très bien, elle nous laisse sa maison pour la soirée.

- Quoi, quelle soirée, tu délires ? Aucune envie de passer…
- Chut. S'il te plaît, n'ajoute rien. Une soirée, donne-moi, donne-nous, une soirée, une petite soirée.
- Cela ne changera rien. C'est ridicule. Tu es ridicule en plus avec cette blouse. Quelle mascarade !
- Oui, la blouse, pardon, je ne voulais pas me tacher. C'est Angèle qui me l'a enfilée, s'excuse Antoine rougissant, ôtant avec empressement l'élément vestimentaire désuet.

Ah espiègle Angèle. Mylène retient un rire, la vieille dame a encore le sens de la plaisanterie, c'est bon signe.

- Dis-moi, on est censés faire quoi de cette soirée au juste ?
- S'accorder quelques heures.
- Pourquoi ? Tout est dit. Tout a été fait. C'est bon, adieu !
- Non. Tout n'est pas dit. L'avenir. Les enfants. Je sais que tu as visité un appartement cet après-midi. Il y a pas mal de choses à mettre au point, une séparation ce n'est pas simple, je veux t'aider.
- Ah bon tu sais déjà ? Eh bien, évite de tout compliquer. Tout le monde s'en sort, pourquoi pas moi ? lance Mylène piquée. M'aider, m'aider à quoi ? Je suis majeure, vaccinée et bientôt divorcée.
- Oui, oui, fait Antoine en se grattant la tête. Je sais. Il y a du champagne au frais, une petite coupe ? Tous les accords se scellent au champagne, non ?
- On parle plutôt de désaccords en l'état actuel des

choses.

- Ne jouons pas sur les mots. Accepte, s'il te plaît. J'ai essayé de cuisiner le bourguignon de ta grand-mère.

- Vraiment ? fait Mylène agréablement surprise.

- Oui, vraiment. La recette à la lettre de grand-maman Soizic ! dit Antoine fièrement en redressant les épaules.

- Alors va… Uniquement pour le goûter, parce que je serais très étonnée que tu l'aies réussi.

- Top-là ! Une table pour deux, Madame ? Propose-t-il illico, torchon sur l'épaule, courbant le buste. Et la tigresse ne peut réprimer un sourire. Il faut toujours qu'il en fasse trop.

59

Et, en cette soirée du 31 décembre 2012, à l'étage de la maison voisine, deux enfants dorment à poings fermés. Au salon, leur nounou, l'œil complaisant, regarde le programme festif et tout en paillettes d'une chaîne de télévision nationale, en rêvant que l'an prochain à cette heure, peut-être, elle sera tout contre un homme qu'elle aimera et qui l'aimera. À ses côtés, une vieille dame, l'air subitement juvénile, somnole allongée dans un profond canapé, ma foi, bien confortable. D'ailleurs, il faudra qu'elle pense à demander à la greluche où acheter ce genre de fauteuil.

***

1er janvier 2013

Il a connu plus cosy. Glissé tout habillé dans les draps molletonnés d'Angèle, il oscille entre dégoût et malaise. Si on lui avait annoncé pareille nuit il y a peu, Antoine aurait crié au fou. Mais c'est fait, le voilà couché dans la chambre hors d'âge de sa voisine. La literie date sans doute des années soixante. Ah bon sang ! Comment fait-elle pour se relever le matin ? Le bassin lui rentre déjà dans les côtes et ses vertèbres jouent aux osselets ! À vrai dire, il s'en fout, pour l'heure en ce premier jour de janvier, Mylène est l'unique centre de ses préoccupations. Au lit avant minuit, il n'a même pas pu lui soutirer une simple bise pour l'année nouvelle, histoire de se rapprocher. Elle a soupiré « bonne nuit ».

Bonne nuit, bonne nuit quoi ! Dégoûté ! Elle a validé son bourguignon, c'est déjà ça. Elle a même saucé ! Quel ingrédient secret aurait-il pu ajouter pour qu'elle fonde de désir ? Assis face à elle, il n'en perdait pas une miette, elle ouvrait délicatement les lèvres, aspirait une bouchée, en souriant parfois.

Lui, a surtout descendu la bouteille d'excellent bourgogne. Il n'aurait sans doute pas dû. Elle n'a fait aucun commentaire. Il supporte mal le bourgogne. Depuis, un pieu métallique lui visse le crâne. Ce n'est pas le plus important. Le plus important est qu'elle soit à quelques mètres de lui, allongée dans la chambre d'à côté, même si cela ne le rassure pas véritablement. Antoine ne fermera pas l'œil. Il veille. La trouille aux tripes. Il épie chaque bruit. Et si sa belle se faisait la malle, hein ? Il a trop parlé durant cette soirée. Mal parlé. Là non plus, il n'aurait pas dû. Pourtant c'est fait. Il a tout exposé. La mise en place de leur séparation. La méthode à employer pour que les enfants vivent au mieux ce nouvel ordre de vie. L'organisation sans heurts de son déménagement. Et même, qu'il comprenait sa décision. Elle n'a pas bronché, pas même cillé en se mordant la lèvre inférieure, son petit signe d'agacement incontrôlé quand une chose l'énerve. Non, rien. Elle souriait parfois, de ce petit sourire qui le chavire toujours. Le premier, c'était boulevard Montparnasse, des yeux il avait suivi cette beauté rousse, si délicieusement élégante, qui sortait d'un immeuble. S'il avait pu, il l'aurait bouffée. Elle était à quelques mètres de lui quand, du haut de ses escarpins, sa cheville s'était vrillée. La belle avait tangué cherchant à se raccrocher.

Il l'avait rattrapée au vol, par le coude. Déjà, il la rattrapait avant qu'elle ne tombe. Il l'avait aidée à marcher jusqu'à la terrasse d'un café un peu plus loin. Elle grimaçait en se frottant la cheville, elle avait illuminé le boulevard tout entier d'un sourire enfantin en enfilant une paire de ballerines noires sorties de son sac. Il était resté bouche bée, scotché. Une femme à la fois fatale et naturelle, différente et fragile, exceptionnellement resplendissante. Une lune rousse dans un ciel bleu de plein été. Cela n'existe pas. Pourtant elle était là, devant lui. Il la voulait. Pour toujours. Elle avait commandé une grenadine, lui un café. Déjà il avait peur qu'elle ne s'envole. Elle était restée, il avait su la garder. Et voilà, à présent la trouille le reprenait, lui tordant le bide. Il a faux. Il a tout faux. Comment sortir de ce guêpier ? Pourquoi a-t-il joué ce jeu, cette mascarade ? Il est dans la merde jusqu'au cou ! Elle a tout pris au pied de la lettre, pour argent comptant, sans étonnement aucun. Demain il devra se tenir prêt pour l'aider à déménager, il va en crever. La faute une nouvelle fois à Angèle, elle lui a tout soufflé, l'a aidé à arranger ces retrouvailles, même Teresa est dans le coup, un faux appartement à louer celui de sa cousine. Il n'aurait pas dû suivre les recommandations de cette vieille timbrée : « surtout ne lui dites pas que vous l'aimez. Laissez-la décider Antoine ! » Le voilà dans de beaux draps, des draps dégueulasses en plus ! Alors que tout ce qu'il veut lui, c'est hurler qu'il l'aime ! Hurler à mort que si elle ne revient pas, si elle s'en va, il en mourra ! Qu'il la veut, à lui, toujours et pour toujours.

Ainsi, en ce premier jour de janvier, à 5 heures du matin, Antoine n'est absolument plus sûr de rien, perclus de doutes affreux, d'angoisses malignes. L'incertitude plantée au beau milieu du cœur, il s'en veut à mort. Elle va partir. Elle souriait. Elle va emmener leur famille loin de lui. Elle souriait. Elle va l'oublier. C'est tout ce qui lui pend au nez ! Il doit dire la vérité. Ouvrir son cœur. Abattre ses véritables cartes. Et tant pis si ce n'est pas ce qu'elle veut entendre. Elle saura à quel point il souffre. Si elle s'en va, il ne s'en relèvera pas. Il doit lui dire combien il l'aime, combien il s'en veut, il doit lui dire, lui.... Il n'a pas le temps de s'aventurer au-delà de ses pensées, la porte de la chambre s'ouvre violemment. Mylène est hirsute, haletante. Elle est à tomber dans sa nuisette en dentelle noire. Elle vocifère. Elle aboie de colère. Oui de colère, enfin il croit. Parce qu'il ne comprend pas, sans doute par peur d'avoir à entendre réellement ce qu'elle lui dit. Elle gesticule. Il n'entend pas. Ses oreilles bourdonnent, son cœur saute dans sa poitrine, c'est la fin. La fin. Antoine ferme les yeux, mieux vaut qu'elle l'achève maintenant.

- Tu entends, dit-elle en s'avançant, tu entends ? réponds alors, je n'ai pas fermé l'œil de la nuit et toi tu dors ! tu dors !
- Je...

Il n'a rien à répondre, la peur lui a cisaillé les cordes vocales, la trouille a obstrué son raisonnement.

- Alors ? S'impatiente-t-elle.
- Euh...
- C'est vraiment ce que tu veux ?
- Ce que je veux ?
- Notre séparation, imbécile !

Il tombait des nues, des anges descendaient du ciel tout à coup.

- Notre séparation, non évidemment !
- Non évidemment, fait Mylène en mimant son mari disgracieusement. Mais bien sûr que oui, tu as tout accepté en souriant, me narguant l'air supérieur.

Sans doute que monsieur a tout orchestré, monsieur a tout planifié, tout décidé. Et je dois dire amen ! Et ce dont j'ai envie moi, ce que je veux moi, tu t'en moques. Et si j'avais envie que cela se passe autrement, si j'avais envie de rester chez moi, si j'avais envie de ne pas partir tout simplement ! A-t-on réellement échangé ce soir ? Hormis ton magnifique monologue, tes belles tirades de chevalier, a-t-on eu une réelle discussion ?

Essoufflée par un si long laïus, craché de ses poumons, elle reste interdite rendant à la chambre son silence monacal, la poitrine encore soulevée de colère et les poings serrés face à un Antoine décomposé. Elle semble arrêtée dans sa course à peser subitement le poids de ses paroles, avant d'ordonner le plus simplement du monde :

- J'ai froid, pousse-toi !

Et de passer sous les draps, pieds glacés contre mollets chauds, dentelle noire sur seins blancs contre torse frémissant. Antoine n'ose même plus respirer, encore moins parler et surtout pas bander !

- Et ne t'emballe pas, je n'ai rien oublié, ni ta pouffe ni tes mensonges ! C'est possible que je reste, tout comme c'est possible que je parte ou que je te vire. C'est juste que je réfléchis. C'est moi qui décide. Moi.
- Hum, hum.
- Ne dis rien !
- Non.
- Tais-toi !

Il y eut un long, très long silence. Seule la pluie clapotait sur le rebord de fenêtre. Un 1er janvier d'une nouvelle année.

Ils étirèrent le temps dans la pénombre, sans bouger, c'est à peine si on les entendait respirer.

- Je t'aime Mylène, finit-il par souffler.

60

Mylène mit du temps à émerger, à retrouver ses esprits. C'était un cloaque sans pareil dans sa tête. Tout y était, mais dans le désordre. Elle eût aimé sur l'instant trouver une liste sur le chevet, une liste chronologique des faits, savoir pourquoi elle se réveillait dans le lit d'Angèle et surtout comment elle y était arrivée. Elle se frotta les yeux et tout lui revint : la visite de l'appartement, Antoine en blouse bariolée, son épuisement, le bourguignon, et la nuit dernière, où, rongée de ressentiments, elle se mangeait les doigts de rage de l'autre côté de la cloison.

Antoine avait tout décidé, semblait presque ravi de la situation. À aucun moment il n'avait envisagé le pardon pour sa faute ni même parlé d'amour, Mylène n'en croyait pas ses oreilles. En résumé il la mettait dehors de chez eux, cela l'avait mise hors d'elle, elle avait fait irruption dans sa chambre pour aboyer sa façon de penser. Elle hurlait d'une puissance à tout crever. Elle n'en revient pas encore. Elle crachait du feu, répandait ses entrailles sur le parquet, un véritable torrent de lave coulait du volcan de sa colère. Elle en épuisa jusqu'à la plus petite parcelle, le plus petit centimètre à vif. Et ce fut comme une remise à zéro, parce qu'au bout du bout, et à bout d'elle-même, elle s'arrêta net, vidée et hagarde. Alors bizarrement, elle avait éprouvé le violent besoin de se retrouver contre lui. Sentir sa chaleur, son odeur. Elle se souvient de la pluie sur le rebord de fenêtre et puis plus rien, elle a dormi, un bébé au sein de sa mère. Le chagrin envolé.

Ce matin Antoine a disparu. Il a bien fait. Elle n'aurait pas supporté de se réveiller à ses côtés. Enfin, pas maintenant. Elle a soudainement une pudeur d'adolescente et un sourire. Ce jour est léger. Ce premier jour de l'année. Sans prendre le temps d'enfiler un peignoir, elle dévale l'escalier et suit l'odeur de café venant lui titiller les narines. Elle a faim, certaine de trouver Antoine dans la cuisine devant son petit-déjeuner.

- Hé ben, quel beau diable que voilà, fait Angèle en reluquant la rousse en nuisette.
- Angèle ?
- Ben oui, Angèle. Vous vous attendiez à quelqu'un d'autre ?
- Je…
- Oui ?

- Enfin…
- Quoi ? interroge Angèle attablée, un bol peint à son nom entre les mains.
- Non rien.
- Un petit café peut-être ?
- Vous étiez où ?
- Chez vous. Bien dormi ?
- Ah. Oui.
- Oui quoi, un café ou bien dormi ?
- Les deux Angèle, les deux, sourit Mylène en se laissant choir sur le Formica froid de l'une des chaises de la cuisine.
- Profitez, pains au chocolat, croissants, baguette fraîche, servez-vous !
- C'est l'opulence ce matin.
- Remerciez vot' zozo.
- Ah, sourit béatement la rousse, en jetant un œil épaté sur la profusion de viennoiseries, avant d'ajouter, pensive et dans un souffle, bonne année Angèle, bonne année.

Bonne année, c'est ce qu'il a dit, lui aussi, se souvient Angèle, il n'y a pas plus tard qu'il y a une heure. Il l'avait doucement secouée, appelée en chuchotant, « Angèle réveillez-vous », qu'il disait. Elle a ouvert un œil cireux avant de dire :

- Ah, c'est vous, en se redressant sur un coude.
- Oui c'est moi chère Angèle !
- Oh là là, vous, vous avez abusé du Bourgogne !

- Non, je suis heureux.

Et voilà, il était heureux. Angèle n'en avait même pas la nausée. Dans la pénombre du salon, elle voyait son sourire de benêt et elle le trouva presque attendrissant.

- Vous avez dormi dans ce fauteuil ? Il y avait un lit pour vous là-haut.
- Ah non, on est sacrément bien là-dedans, répond Angèle, encore engoncée dans les coussins. Bon, alors, racontez. Tout s'est passé comme vous le souhaitiez ?
- Oh Angèle, ma bonne Angèle, vous êtes mon gourou ad vitam !
- Ad vitam ?
- Elle a dormi tout contre moi !
- Ah ! Je ne veux rien savoir de vos cochonneries !

Antoine envoya un rire nerveux d'adolescent en mal de sexe.

- J'ai eu les jetons quand même, mais votre plan a fonctionné ! Aller dans son sens, abonder à son désir de séparation. Ah ce n'était pas gagné, elle n'a rien dit de tout le repas. Ce n'est que dans la nuit que l'infusion s'est faite. Une vraie tornade, ma Mylène.
- Hé ben ! Elle rentre quand ?
- Je, je n'en sais rien. Bientôt.
- J'espère le plus vite possible, je veux retrouver ma tranquillité moi, j'en ai soupé des Jonas.
- Oui, oui, le plus vite possible, balbutia-t-il.
- Allez, ne vous bilez pas, elle va revenir au galop votre pouliche, lança Angèle devant la mine

soudainement contrariée de son voisin.

Antoine sourit à nouveau, puis, nerveusement et au bord des larmes enlaça sa voisine en murmurant dans les cheveux gris-bleu : « bonne année Angèle ! »

Bonne année, il était shooté au bonheur, c'est dur à avaler, mais Angèle n'avait rien à redire. C'était même plutôt bon de le voir dans cet état.

Angèle se saoulait elle-même, d'approuver des sentiments aussi niais, des attitudes aussi nunuches. Elle s'en voulait. Oh hé pis, après tout, ce sont leurs oignons à présent, l'essentiel étant qu'elle retrouve sa tranquillité. Faut quand même pas penser qu'elle a manœuvré en toute bonté d'âme, par altruisme… Allez, va-t'en la cruche, à l'eau…

61

5 janvier 2013

C'est vrai, Mylène avait fini par reprendre sa place au bercail. Docilement. Presque sous l'emprise d'une force obscure contre laquelle elle n'avait pu lutter. Celle de l'amour. L'amour, le bien nommé. Ce truc cul-cul qui vous fait dire et faire des conneries, aurait claqué sans vergogne Angèle. Pourtant c'était bien ça, l'amour, qui pousse aussi au meilleur de soi-même et donne le meilleur. Oh bien sûr, il y eut encore certaines nuits peuplées de questionnements, de pourquoi, de comment, de comment as-tu pu, de pleurs, de grincements de dents et de pardons, lancés sous la couette pour que les enfants n'entendent pas, peau contre peau dans la chaleur extatique de corps sortis d'eux même qui ont fait l'amour goulûment, passionnément.

Leur amour a pris une nouvelle dimension. Il a été éprouvé. Balafré pour toujours. Il n'en est devenu que plus beau à leurs yeux, allez comprendre pourquoi. Sans doute parce qu'ils ont pris conscience de sa valeur, et que cette marque les rappellera à l'ordre s'ils sont tentés un jour de l'oublier.

C'est ce à quoi réfléchit Mylène, au précieux de l'amour, en cet après-midi du 5 janvier, Angèle accrochée à son bras, chacune un enfant à la main, quand la petite troupe passe complice les portes du supermarché.

Le magasin vibre d'une effervescence particulière. Les rayons sont bondés. Déjà sur le parking il a été difficile de trouver une place, certains peu scrupuleux n'ont pas hésité à garer leur véhicule devant le cimetière. Probablement que ça va encore jaser. Mais tant de monde au magasin, en tout début d'une année nouvelle, c'est suffisamment rare pour comprendre qu'à l'intérieur se déroule un évènement particulier. Peut-être même l'évènement de l'année, voire des dix prochaines années, pour une bourgade de province comme celle-ci. Au loin, surpassant les travées, une voix d'homme s'élève dans le brouhaha environnant.

- Oh on va tout louper, y'en aura plus ! s'agace Angèle.
- C'est là-bas, dirige Mylène plus élégante que jamais dans son manteau bleu ciel, chaussée de bottines ivoire.

La troupe avance difficilement, suivant le flux, bravant le reflux, le contresens des allées. Beaucoup rentrent chez eux, impatients de déguster leur part de galette des

Rois espérant le Graal, certains n'ont pu attendre trahis par quelques miettes au coin des lèvres. Ceux-là savent. Les plus joueurs s'en offrent plusieurs, pour plus de chance, comme pour les billets de loterie. L'idée, c'est Antoine qui l'a eue, euphorique après le retour de sa femme. Tout de suite il a demandé son avis à la grande direction. Validée sur le champ. Une bonne publicité pour l'enseigne et le big boss présent ce jour-là. « Foncez, mais millimétrez tout ! » Antoine, des ailes dans le dos, n'avait douté de rien. Il avait tout orchestré sans sourciller. Des galettes vendues à la part. Dans un certain nombre d'entre elles, en guise de fève, des pépites d'or.

Au début, on a eu peur de la bousculade, de possibles heurts, mais les clients jouent le jeu sans trop se marcher sur les pieds, même si le magasin ne désemplit pas et que l'on se pousse du coude. Le grand patron, bienveillant, complice, assiste les ventes, le regard plissé de plaisir. L'étale et l'ambiance lui rappellent ses débuts sur les marchés de province, aujourd'hui il est coté au CAC 40. Alors, autant vous dire que c'est un bain de jouvence cette journée auprès de ses consommateurs.

Quelques heureux ont eu la chance de trouver une pépite au beau milieu de leur frangipane, chaque fois ce fut une explosion de joie. La presse et les journalistes de tous poils, conviés pour l'occasion, immortalisent, flashent, tendent perches et micros. Enfin un peu d'originalité pour le marronnier de ce début d'année !

La colonie, à la queue leu leu, parvient enfin au stand, guidée par la voix joyeuse de l'annonceur du jour : un

Monsieur Loyal, embauché pour l'occasion, qui, à sa façon, mène la danse, évite les engorgements. Antoine est là, l'allure décontractée en polo aux couleurs de l'enseigne, tout comme le grand patron d'ailleurs. Ils glissent, part après part d'un même geste dans des sac en papier, selon la demande. À côté, on encaisse.

Mylène sourit. Angèle, les sourcils en circonflexe, annonce :

- Tenez, il est là vot' zozo !

Elle a beaucoup de mal à l'appeler par son prénom, mais tant de choses ont changé ces derniers temps que dans sa bouche, c'est comme un surnom presque affectueux. Presque, il ne faut pas pousser !

- Cinq parts s'il vous plaît monsieur !

La voix lui a fait lever la tête, il a souri au premier mot de cette intonation si chère, si douce et grave à la fois. Sa femme.

- Cinq parts pour madame, tout de suite !

Il sourit de plus belle sans être capable de lâcher les prunelles de Mylène, comme arrêté, suspendu aux plus beaux yeux du monde.

- C'est pour aujourd'hui ou pour demain ? coupe Angèle.
- Ah Angèle ! Tout de suite ! tout de suite ! reprend Antoine en s'agitant à nouveau, attrapant un sachet pour y fourrer d'une main délicate et gantée de plastique cinq parts de galette.
- Madame Hazard ? s'exclame une voix dans leur dos, comment allez-vous ?

Angèle pivote, surprise. C'est Claire, la journaliste du canard de région qui lui tend une main des plus chaleureuses.

- Claire, Claire Lombard vous vous rappelez de moi ? Alors vous n'avez pas gardé rancune au magasin à ce que je vois ?
- Oui, euh… Non, non, bafouille Angèle.

Claire jubile, elle tient sa une. Elle avait traîné les pieds pour ce sujet au supermarché, mais là, elle sait que son article fera la une : « La vielle dame, les pépites et le big boss. »

- Votre fille, vos petits-enfants ? demande-t-elle en reluquant Mylène et les petits.
- Non, l'épouse du directeur qui m'accompagne, et leurs enfants.

Cette fois Claire explose. Encore mieux, se dit-elle !

- Ah ! Bravo ! Ainsi, vous faites partie de la famille à présent ! Merveilleux ! Une photo tous ensemble avec monsieur Édouard, vous voulez bien ? Monsieur Édouard, interpelle-t-elle, en forçant une voix de flûte vers le big boss.

Et, c'est ainsi qu'à la une du canard du lendemain, se retrouvèrent Angèle, bras dessus, bras dessous avec monsieur Édouard, entourés de Mylène et Antoine radieux, Lily, le sourire troué d'une dent, et Martin qui grimaçait.

En gros titre : UNE ANNÉE EN OR !

En légende : Après une année 2012 à l'allure de fin du monde pour la célèbre septuagénaire du supermarché, 2013 se présente sous le signe de la pépite.

La galette fourrée aux pépites fut un succès retentissant. Sans attendre, le grand patron gratifia son directeur du titre de « meilleur directeur de l'année ».

Ce que personne ne vit ce jour-là, c'est Sultane ! Pull rouge et jupe en cuir noir, qui en début de soirée, s'engouffra dans l'une des voitures qui accompagnaient monsieur Édouard. Sultane qu'on ne revit que des mois plus tard en tailleur pantalon taupe, sans tout à fait la reconnaître. Sultane avait raison, elle savait rebondir, et ce n'était pas uniquement dû à ses attributs féminins. Ce jour-là, le jour des pépites, elle aborda le secrétaire particulier du big boss - entre secrétaire tout est plus compréhensible et l'on sait bien qu'on est au plus près du Bon Dieu - pour lui toucher deux mots d'un projet qui lui trottait dans la tête depuis fort longtemps : un supermarché du sexe. Exclusivement réservé aux femmes, avec ateliers ludiques et formateurs, espaces détentes et cocooning. Son dossier était bétonné, elle avait tout pensé et pensé à tout. Il faut reconnaître qu'elle connaissait bien son sujet. Son projet avait séduit. Son projet avait pris vie. Son projet fut un triomphe. Son projet fut même reconnu comme un projet de santé publique ! Du coup, son projet allait même faire des petits. Plusieurs commerces de cet acabit allaient prochainement ouvrir leurs portes dans l'hexagone et au-delà de ses frontières. Son projet fit d'elle une véritable femme d'affaires. À présent, elle s'appelle Sybille.

- T'es sûre, Sultane ? Avait demandé ébahie Jeanine à son mari en parcourant les pages du Paris Match.
- Ben oui, c'est bien elle, dit-il, tu peux me faire confiance. Elle a beau avoir changé de nom et de style, c'est elle !
- Ah oui, commente encore la comptable en faisant la moue, pourtant celle-ci fait plus… Enfin moins…
- Ouais, ouais, moins ou plus, le résultat est là.
- Sybille, quel prénom ridicule !
- Ce n'est pas pire que Jeanine entre nous, ils disent que ça veut dire prophétesse…

« Cela lui va bien », avait-il dit, songeur et pour lui-même.

62

Une année en treize, qui dès ses premières heures, semble porter le bonheur sous ses arcanes, s'ouvrir sous les auspices d'une superbe conjoncture d'étoiles.

Angèle n'a rien à y redire, elle profite des bons influx de cette ère toute neuve et mine de rien, s'en paye une belle tranche. Ainsi, elle serre moins ses bigoudis, la coiffure en est plus souple, la boucle arrondie, parfois au coucher elle brosse longuement ses cheveux, retrouvant l'ondulation d'autrefois. Cela lui procure un plaisir infini, et des frissons de satisfaction lui montent des reins. Elle a rajeuni, lui chante-t-on dans le bourg, Angèle se gausse. Mieux vaut entendre çà que d'être sourd, mais l'idée lui plaît bien, celle d'avoir rajeuni. Au fond, ça rembourse un peu d'avoir été vieille trop tôt. Sans doute que cela ne vient pas simplement de l'extérieur, il a à voir avec l'intérieur.

Sans oser l'avouer, Angèle l'a ressenti dans ses tripes, cela a ressemblé à une vis qui fout le camp, un nœud qu'on libère. Elle se sent comme un chat retombé sur ses pattes. Cela a pour effet inespéré de la rendre plus conciliante avec les choses de la vie. Un pacte, enfin signé, avec l'existence. Elle se délecte moins du malheur de ses concitoyens et le bonheur de ses congénères lui convient, après tout si ça leur va ! Cela ne l'empêche nullement de lire la rubrique nécrologique avec une attention particulière, une curiosité à satisfaire. À présent, ses condoléances sonnent plus sincèrement. Il apparaît même que les déconvenues des uns et des autres l'attristent, parfois. On peut dire qu'en ce bas monde personne n'est épargné, encore faut-il qu'il y en ait un « haut » ailleurs. C'est ce qu'elle serine encore à Gérald, de temps à autre, lorsqu'assise sur la pierre tombale, elle parle de tout et de rien avec son bonhomme, omet certaines choses qui lui appartiennent, son jardin secret, un jardin de roses et d'épines. La vie n'est pas simple. La sienne, après tout, c'est elle qui l'a sciée sur pied.

Au fond le vieux n'y était pour rien, il n'était qu'un méchant abruti. Il avait voulu la protéger sans doute. Il l'avait tuée. Elle aurait dû s'en foutre comme la plupart des filles de son âge. S'enfuir. Rejoindre André. Son avenir aurait pris une autre tournure, ou pas, allez savoir ! Mais c'était trop tard, elle n'a, à présent, ni regrets ni remords. Elle a appris, sur le tard, que le bonheur tient en cinq lettres : aimer. Oui, aimer. Le verbe égratigne encore sa bouche, mais elle le pense réellement. Ah, elle en a fait des progrès ! Aujourd'hui, elle n'aime pas tout le monde, tant s'en faut ; elle y va encore de son refrain de rabat-joie, marche sur des coussinets ou les griffes égratignent toujours, selon l'humeur, mais plus de la même façon. Et si elle n'apprécie pas tout le monde, il y a quand même un petit bout de monde, qui désormais, fait partie de son quotidien. Mylène passe tous les jours, et cela ne l'ennuie pas. Lily et Martin, prennent régulièrement leur goûter chez elle. Elle leur conte les trois petits cochons, aide avec un certain plaisir Lily à ses devoirs du soir, à lire sa page de lecture ; dessine une baleine, une chouette sur le cahier de Martin, lui apprend quelques vilaines grimaces, s'époumonant de bons rires. Bon, il y a encore Antoine qui, avec sa mèche sur le front et son nœud de cravate, lui met les nerfs en pelote. Alors, elle se rappelle la guinguette, les lampions, le lac et sa noirceur s'envole. Il faut dire qu'à la mi-janvier elle a reçu un appel qui en vaut mille, un appel pour lui souhaiter une bonne année. André lui a téléphoné. « Meilleurs vœux chère Angèle, j'ai été heureux de te revoir tu sais, la vie nous réserve de belles surprises parfois ».

Elle en a été toute chamboulée.

À chaque fois qu'elle y repense, c'est simple, elle s'envole ! Du bon grain à moudre qui lui fait amplement réévaluer sa vision du monde, la transporte vers un état doucereux où elle vagabonde avec plaisir le soir avant de s'endormir ; un nouvel état d'esprit qu'elle qualifierait de sagesse et qui lui prête un sourire…

Elle est enfin en paix. En paix avec elle-même. En paix avec les autres. En paix avec la vie.

C'est ainsi que Mylène la retrouva, un matin, en tout début de l'hiver suivant, souriante, la couverture au menton, les mains croisées sur le ventre, les yeux clos et les traits apaisés.

On aurait dit qu'elle souriait. Elle était morte. Mylène, pleura longuement, silencieusement, lui caressant les cheveux, susurrant son prénom, le sel de ses larmes mêlé à ses lèvres. Ce fut un choc, ce n'était pas prévisible. Cependant, il y avait tant de douceur et de bien-être dans l'attitude et les traits d'Angèle, que la jeune femme y perçut une arrivée au sommet, un aboutissement extatique.

Angèle faisait à présent partie de sa vie et d'elle-même.

Les jours à venir sans cette inénarrable pie de voisine allaient lui sembler bien vides. Dans les semaines qui suivirent l'entrée de la vieille dame au cimetière du bourg, près du supermarché, confortèrent Mylène dans l'idée qu'Angèle se savait proche de l'arrivée. Elle apprit par le notaire qu'Angèle avait fait d'elle son unique héritière. Et, comme rapporté dans le testament :

« Pas tant pour ce qu'il y a sur mes comptes, ne rêvez pas je suis une prolétaire, mais parce que je suis consciente qu'il vous faudra vendre la maison, et que vous seule, Mylène, êtes capable de trouver les bonnes personnes. J'aimerais qu'elles aiment ma maison pour ce qu'elle est. Et surtout, qu'elles ne coupent pas mon Pierre de Ronsard. »

Une petite note était ajoutée, un peu plus bas, un aveu, un secret :

« Parce qu'elles sont si jolies mes roses, ce serait dommage de les abîmer. »

Mylène en fut toute retournée et elle comprit aussi ce que ce rosier représentait pour sa voisine, et qu'il serait effectivement impossible de le voir détruit. Elle entendit, résonner en son cœur, les vers de Ronsard appris sur les bancs de l'école :

« Mignonne, allons voir si la rose qui ce matin avait déclose… »

Il ne lui fut pas facile d'entreprendre de vider la maison. Tout respirait Angèle. Elle eut parfois l'impression de ne pas être à sa place. Dans chaque pièce persistait cet incroyable mélange de laque pour cheveux, d'eau de Cologne et de naphtaline qui signait encore la présence de la maîtresse des lieux. Mylène fermait les yeux, se disait qu'en les rouvrant, la large bouche lui sourirait, que tout cela n'était qu'une farce, un vilain tour, qu'elle allait réapparaître, ses sabots de caoutchouc aux pieds et le sécateur à la main. Mais non. Alors elle grimpait quatre à quatre l'escalier, ouvrait à la volée les portes de l'étage, elle ne rencontrait que vide et immobilité. Angèle n'était plus là.

Angèle, n'était plus. C'est alors que les mots du testament lui revenaient, que les regards et tous les bons moments des derniers temps envolaient ses pudeurs, dissipaient ses doutes sur sa légitimité. C'est alors qu'elle prenait conscience de la réalité et du devoir qui lui incombait.

Elle garda pour elle, précieusement, le feutre taupe, la boîte en fer blanc et quelques souvenirs. Cet hiver-là tout entier passa, le printemps aussi. Mylène prenait grand soin du rosier, angoissait de ne pas être à la hauteur, elle n'avait pas la main verte, craignait qu'il ne résiste pas au départ d'Angèle. À la moindre alerte elle courait chez le pépiniériste quémander des conseils, consultait des manuels d'horticulture, absorbait des tutos spécifiques aux rosiers sur le Internet. Elle le couvait. Une nuit de fort gel, elle se releva pour ajouter quelques pelletées de tourbe à son pied, pour le garder au chaud.

De ses premières fleurs elle fit un petit bouquet rond qu'elle déposa émue sur la tombe d'Angèle en disant : « elles sont jolies, n'est-ce pas ? », espérant sans doute l'approbation de sa défunte voisine. Elle plaça le bouquet tout contre un galet blanc, du marbre on aurait dit, sur lequel on lisait : « À mon amie du lac ». André, en personne, l'avait déposé là, venu se recueillir peu après les obsèques, son fauteuil poussé par Edmonde.

Mylène obsédée par sa mission, enchaînait les visites de la maison. Elle eut affaire à des acheteurs de tous genres et de tous poils : des couples et des célibataires, jeunes et vieux ; des étrangers, hollandais beaucoup et des anglo-normands, un promoteur et sa suite de fricoteurs ; mais de visages en visages, personne ne trouvait grâce à ses yeux.

L'un cassait tout du sol au plafond, hormis les murs rien à garder, l'autre voyait une magnifique cuisine donnant sur une grande baie vitrée, défonçant ainsi le Ronsard et là, une superbe pièce ouverte saccageant le reste, ou pire, un bel endroit à rénover pour loger les bureaux d'une toute nouvelle entreprise de comptabilité. De quoi faire se retourner Angèle dans sa tombe. Et puis, il y avait ceux que Mylène ne sentait pas du tout, à peine avaient-ils mis un pied sur le perron qu'elle savait par avance que ce n'étaient pas les bons, une question d'ondes, on aurait dit qu'Angèle, dans son dos, la poussait du coude en disant dégoutée : « ah non, pas eux ». Les visites devenaient pénibles, prenaient des allures de tragédies, tant la jolie rousse faisait peser sur ses épaules le poids des mots d'Angèle, « capable de trouver les bonnes personnes ». Elle rentrait chez elle le cœur à l'envers. Antoine la serrait contre lui. Pourtant, il avait beau la rassurer lui dire que tout finit par arriver si l'on y croit fort, Mylène commençait à désespérer et pensait sa mission irréalisable.

- Je ne trouverai jamais les bonnes personnes, se désola-t-elle un soir tout haut, dans les murs vides, en refermant les volets, aidez-moi un peu Angèle !

Puis un matin, au beau milieu de l'été, un jeune couple, s'annonça pour une visite. La jeune femme qui semblait ne plus tenir en place, avait rappelé une seconde fois souhaitant avancer l'heure du rendez-vous

- Venez tout de suite si vous voulez, lui répondit Mylène les sens en alerte.

À peine le temps de raccrocher que les portières d'une automobile claquèrent devant la maison. La jeune femme admirait déjà la façade le nez en l'air, souriante, l'œil émerveillé. Ses doigts coururent un instant sur les pierres du muret en devanture. Elle portait une robe d'été légère et fleurie qui laissait transparaitre un joli ventre arrondi. Lui, d'un geste protecteur, accrocha une main à l'épaule dénudée de la future maman. Le tableau ravit le cœur de Mylène. Elle les aima sans en demander plus.

- Bonjour, entrez, entrez !

Elle semblait si émue que Mylène entama la conversation.

- Vous connaissez notre petit bourg ?
- Oh oui, enfant j'y passais toutes mes vacances, ma grand-mère habitait deux rues plus loin, presque la même maison. La sienne a été détruite, ravagée par le feu.
- Aïe ! Oh désolée, je comprends, fit Mylène.
- Oui. Heureusement personne n'était présent.
- Ainsi vous arrivez dans la région pour le travail, si j'ai bien compris ?
- Mon mari est muté, au collège voisin pour la rentrée prochaine. Professeur d'histoire-géographie.

L'homme sourit.

- Et moi, continua-t-elle, je compte bien faire revivre un petit commerce, je suis modiste : les chapeaux, fit-elle, sous le regard médusé de Mylène.

- Oui, oui, les chapeaux, magnifique ! Bonne idée, bredouilla-t-elle, songeant au chapeau cloche d'Angèle. Mais je parle, je parle... Entrez et faites comme chez vous.

Ce que fit le couple, passant d'une pièce à l'autre, aimant tout de cette maison à l'ancienne. Ils traversèrent la cuisine, sans même voir son côté désuet, s'extasiant plutôt sur les carreaux de ciment magnifiques et fort bien entretenus, puis montèrent à l'étage remarquant le formidable travail de la rambarde de l'escalier, en chêne massif. Puis, ce fut le tour de la robinetterie de la salle d'eau, une comme on n'en fait plus de nos jours.

- Elle est dans son jus bien sûr, quelques travaux sont à prévoir, lança Mylène une fois à l'étage.
- Oui, certaines pièces sont à moderniser, mais elle est saine cependant. Nous pensons plus à un rafraîchissement, elle nous plaît ainsi, dit le professeur d'histoire.

Mylène sentait comme un frémissement d'ailes de papillons à chaque fois que la jeune femme découvrait une nouvelle pièce. Elle se demanda même pourquoi, à l'époque, elle avait trouvé cette maison vieillotte.

Et puis, il y eut cet instant, pour toujours gravé dans le cœur de Mylène, les poils des bras encore hérissés, où la jeune femme se pencha pour regarder par la fenêtre ouverte, celle de la chambre d'Angèle.

- Oh ! Mais c'est un Ronsard là contre le mur, n'est-ce pas ? Ma grand-mère avait le même dans son jardin, comme il est beau !

Elle battait des mains. Une enfant tout à coup. Il n'y eut plus rien à ajouter, sauf…

- Et, c'est pour quand le bébé ?
- Cet automne, c'est une fille, répondit la jeune femme radieuse en posant les mains autour de son nombril.
- Vous avez choisi un prénom ?
- Oh oui ! Elle s'appellera, Angèle, envoya-t-elle fièrement.

Le prénom traversa la pièce, comme celui d'une divinité ou d'une fée. Des pétales de roses flottèrent dans l'espace. Mylène en fut sciée sur place. Foudroyée, elle leva les yeux vers le ciel, ils étaient pleins de larmes.

Alléluia ! crut-elle entendre au loin.
Angèle était de retour.

Un vol d'hirondelles fit un rase-motte sur le jardin, en ricanant.

La continuité. Insaisissable. Magnétique.

FIN

La mort du cygne : Chanson 1975.

J.M Jarre & G. Lenorman

Ce livre a été imprimé en France

Dépôt légal : Août 2020

Achevé d'imprimer chez SoBook le 17-06-2021

Linselles - France

N° impression : 702 555